Kerstin Hensel & Carola Wiemers

Schmoren im Paradies

Kerstin Hensel & Carola Wiemers

Schmoren im Paradies

Eine kulinarische Erzählung

Mit Collagen und Aquarellen von Ruth Tesmar

Quintus

Zur Abfassung dieses herrlichen Buches verwandten wir keine andere Zeit, als welche zu unserer leiblichen Erquickung bestimmt war, das heißt die des Essens und Trinkens. Und das ist auch die richtige Zeit, um über erhabene Gegenstände und tiefe Wissenschaften zu schreiben.

Nach Francois Rabelais: *Gargantua und Pantagruel*

Unsere Welt

Aus hellem Haus tret ich in einen Garten
Links liegt das Meer und rechts ein hohes
Von Sagenerz durchschimmertes Gebirg.
Die Liebe zündet die Kastanienkerzen an.
Wir stehen in Flammen ohne zu verbrennen.
Flieder und Ginster, Mandel, Anemonen
Ertragen sich im Blütenspiritus.
Nur Duft herrscht. Wir beniesen unser Wohl.
Auf blankem Holztisch tafelt auf der Mai:
Gebratene Scholle, Spargel und Rhabarber
Auch Erdbeeren, Sahne, frische Pfefferminze.
Zwölf Freunde ohne König und Lakaien
Verwoben im Gespräch. Zwischen den Augen
Das Maß des Glückes heiter streng gelassen:

Es sehen, wie der Stielz ums Feuer stampft
Es wissen, wo der Restwelt Kacke dampft.

Bewohner eines Paradeisos, der unseren Wünschen, unserer Art entspricht. So soll es sein, das Leben: angenehm, ein Mit- und Füreinander, zwei wache Weiber, ein kauziger Kater, ums Schöne wissend im Chaos (Weltkacke), in einer Zeit, in der behauptet wird: Utopien hätten ausgespielt, die Kämpfer für eine bessere Gesellschaft seien vom Geschichtsschiedsrichter vom Platz gestellt worden. Es geht weiter, ins Weite hinein. Wir öffnen Tür und Tor für Freunde, die sehen, säen, lesen, lachen, streiten, schmecken, denken, zum Gerechten hin handeln. Hier herrscht das gute Leben. Der Ort ist weder mit dem mystisch überblühten Garten Eden zu verwechseln noch mit dem Faulenzerreich Schlaraffenland. Keine Frucht des Gartens ist verboten, Arbeit weder Strafe noch Sünde. Kein höheres Wesen spuckt uns in die Suppe.

„Doch“, murrt Kater Adam, „*ich* bin der Mann im Haus! Meine Untertänigen haben es nicht nötig, mir *das* zu erklären: Ich finde auf meinen Streifzügen durch diese Butze ständig ihren Abfall. Geistigen, wohl bemerkt! Überall liegt das Zeug rum, sogar im Garten und neben meinem Schlafkörbchen. Nein, keine Aufziehmäuse, Fleischcracker oder Fellbürsten, sondern lauter Papierkram: kleine, große, bedruckte, bekritzelte, bemalte, zerknüllte Zettel, verziert mit Tinten-, Fett- und Rotweinflecken. Mon dieu de chat!

Warum ich mich aufrege? Darum! Es hat mich in einen Intellektualitätenhaushalt verschlagen. Im Prinzip ist das für einen Kater, wie ich einer bin, der richtige Ort, nur die Herrschaftsfrage bleibt ungeklärt. Die Damen des Hauses, obwohl sie meine Talente – in Klammern: Geist, Sprache, gute Verdauung – kennen und schätzen, glauben sie, ich sei ihnen unterlegen. Diese Unkenntnisreichen! Allen voran

Kerstin. Von ihr habe ich einen ganzen Packen handbekritzeltes Papier entdeckt. Es lag auf dem Klo. Da gehört es auch hin, finde ich. Ich habe es trotzdem nicht runtergespült, sondern kronzipiert. Man weiß ja nie. Nach der ersten Lektüre nur so viel: Kerstin dünkt sich eine Dichterin und ist der Meinung, da sie sich ihr Hobby zum Behufe gemacht hat, das Vorrecht lyresker, sowie narrativer Äußerungen in skriptualer Form zu besitzen. Ecce Poeta intertextualeata! Woher ich zu solch beeindruckendem Ausdruck fähig bin? Ich sage nur: Carola! Wenn sie spricht, egal wovon, hänge ich an ihren Lippen und kralle mir einige ihrer Superworte. Allerdings wähnt sich Carola, nur weil sie ein paar Menschenjahre lang Literaturhistorie studiert und sich als Bücherkritikerin verdingt hat, die Einzige zu sein, die ihre Worte richtig zu setzen versteht. Jetzt tut sie sich sogar, gegen jede Regel, mit einer Primärliteratin zusammen, um ihr zu erklären, *was* sie eigentlich schreibt. Dabei verfasst Carola selbst nur Makulatur. Alles Aufgüsse bereits existenter Gedanken! Überall muss Frau Professordoktor ihren Senf hinzugeben, dabei hasse ich Senf! Warum kümmert sie sich nicht um meine philosophischen Absonderungen? Oder um frisches Wasser im Trinknapf?

Meine Herrinnen ignorieren mich. Sie wissen nichts von dem, was in mir blickt, denkt und spricht. Doch ich will nicht überheblich wirken, und auch der Nach(t)welt nichts vorenthalten. Hier ist die erste Kladde, die die Paradeiserinnen zusammengemurkst haben. Ich meinerseits werde mich einstweilen in die Bibliothek begeben und weiterbilden. Karl Marx' *Über den Herrschaftsbegriff*, das nenne ich die rechte Lektüre, und sie wird unter meinen Krallen zu schärfester Lyrik vergart werden."

Kladdenprosa

Erzählt werden die letzten Maitage eines beliebigen Jahres. Das Haus steht frei im märkischen Land. Mehr als ein Zentennium hat es auf dem Dachbuckel, ist mit Efeu und Weinlaub umwachsen, die Schindeln moosbepelzt. Jedes Zimmer ist bewohnt. Der Dachboden fungiert als Galerie und Bibliothek. Zentrale Wirkstätte, Treff- und Lebensmittelpunkt ist die Küche. Von der Küche tritt man in den Garten. Dort spreizt sich der Flieder. Maiglöckchen bimmeln um die Wette mit Tränenden Herzen. Pinke Päonien behaupten protzend, sie seien mit Rosen verwandt, und links am Zaun hochwindend Hopfen in heftigem Blühanfall. Noch sind die Brennnesseln zart, die Blätter des Sauerampfers rostfrei, sanftbitter der Löwenzahn. Adam, unser Kater, feiert Mäuseparty, da er in der morschen Scheune die Herrschaft über alles ausübt, was flitzt und krabbelt.

Wir hängen Gedanken in den Wind. Wir feuern im Haus den Herd an, holen Töpfe und Tiegel aus dem Schrank. Wir putzen, schnippeln, rühren, kneten, würzen, füllen, fetten, formen. Erinnerungen kochen hoch, Gelesenes und Gelebtes, auch Neues, Ungeahntes. Gemeinsam schmecken wir Speisen ab, brechen Brot, verwandeln Wasser in Wein, geben Lebensschwänke zum Besten und was uns am Lachen hält. Messer werden gewetzt, Gläser poliert. Es wird aufgetafelt. Eine Woche lang!

Mānetag

Unsere Vorfahren legten den Wochenbeginn auf Sonntag, da Gott, knülle von der Weltherstellung, am siebten Tag seinen Feierabend einläutete: *Ruhe im Karton!* In der Ruhe liegt die Kraft. Kraft für Neugier und Neubeginn. So sehen *wir* das. Doch mehr als *eine* biblische Arbeitswoche hatte Gott für das eigene Werktätigendasein nicht vorgesehen. Nachbesserungen an der Schöpfung hat er nicht selbst in die Hand genommen, sondern seiner unvollkommensten Kreation übertragen: dem Menschen. Den er kurz vor Dienstschluss aus Staub zusammengerührt haben soll. Oder aus Lehm gebacken, da scheiden sich die Geister. Gottes Rezept war nicht erprobt, das Resultat nur in Teilen genießbar. So soll Gott seinem Erstling Adam zunächst Lilith zugesellt haben: eine Frau, von deren Chuzpe und Sinnlichkeit Adam so überfordert war, dass er alsbald die Scheidung einreichte und seinen Schöpfer um eine mildere Weibvariante anflehte. Gott reduzierte Lilith daraufhin zum Nachtgespenst, zur Dämonin, und servierte Adam etwas Braveres: Eva. Und der große Weltenkoch sprach: Hier ist mein Füllhorn, das Paradies auf Erden, das Tischleindeckdich. Ihr dürft die Speisekarte rauf und runter essen, doch Finger weg vom Baum der Erkenntnis! – Lilith, für die Gott nicht mal den Katzentisch vorgesehen hatte, schwebte fortan über der Tafel und schiss drauf. Dem Ungemach folgten Schlange, Sünde, Schuld, Scham, Schmerz, Schinderei, *Schmoren im Paradies*. Das bekannte Metaphernarsenal. Kein Wunder, dass Gott sich sonnabends aufs Ohr hauen musste. Nur, fragen wir uns, was hat er eigentlich in der Zeit danach vollbracht?

Mānetag, Mondtag, Montag. Für uns beginnt die Arbeitswoche. Unser Paradeiso ist ein Tätigkeitsareal, dessen wir bedürfen. Wir entscheiden selbst, was wir schaffen, was uns gut tut, was wir ins Glück investieren, was wir fernhalten, von wem wir uns zum Genuss (Erkenntnis) verlocken lassen. Doch erst mal heißt es wachwerden. Nachbars Althahn kräht vor Tau und Tag, sodass ich den Plan verfolge, ihm (wie Max und Moritz Witwe Boltes Hühnern) den Hals umzudrehen, zu rupfen und im Suppentopf zu versenken. Mit Zwiebel, Lorbeer und Piment!

Seit meiner Kindheit bin ich gewohnt, früh aus den Federn zu steigen. Heute will ich es nicht vor Sonnenaufgang tun. Vor einem halben Jahrhundert begann für mich, die ich in einer sächsischen Industriestadt aufgewachsen bin, montags die Arbeitswoche. Halb sechs mit den Eltern „raus aus der Falle", Waschen mit kaltem Wasser (Vaterwort: Abhärtung!), Frühstück am winzigen ausklappbaren Küchentisch: Zwieback, in Kakao geditscht; Schwarzbrot mit zuckerbestreutem Quark, Pudding- oder Haferflockensuppe. Muckefuck, der in einer Emaillekanne aufgebrüht wurde. Nach dem Frühstück ab in den Frühhort, bepackt mit Ranzen, Turnbeutel, Brottasche. In der Brottasche: pergamentpapierumwickelte Leberwurst- oder Schmelzkäsebemmen, die den Geschmack des Leders annahmen, die ich an Schulkameraden verschenkte, welche von ihren Eltern nicht mit Bemmen, dafür von der Fürsorge mit Gratismarken für die Schulspeisung bedacht wurden. Vater arbeitete drei Schichten im Autowerk, Mutter als Krankenschwester in der Klinik. Mit sechzehn ging ich, Mutters Fußstapfen folgend, in die Lehre. Vierzigstundenwoche, Überstunden, Extraschichten, zugerechnet: fünfzehn Minuten Frühstückspause, dreißig Minuten Mittag. Kantinenfraß nach Stoppuhr.

Carolas Frühstückserinnerungen hingegen greifen auf andere Welten zurück:

Makulaturblatt I

Bei all ihrer schicken Magerkeit strahlte sie
eine Haferflocken-Gesundheit aus,
eine Seifen-und-Zitronen-Reinlichkeit,
und auf ihren Wangen lag eine raue Röte.

Truman Capote: *Frühstück bei Tiffany*

Als 1958 Truman Capotes *Frühstück bei Tiffany* erschien – eine Satire auf die New Yorker Schickeria –, war ich ein Jahr alt. Meine spätere Begeisterung für die seltsam fremdartige Holly Golightly entsprang jedoch nicht dem geschriebenen Wort – denn das Buch erschien als Lizenzausgabe erst 1974 in der legendären Spektrum-Reihe im Ostberliner Verlag Volk und Welt –, meine Frühstückswelt eroberte die wunderbar Entrückte in Gestalt Audrey Hepburns. Alles was am Beginn des Films zu sehen und zu hören ist, war fremd und sehr fern. Ein im New Yorker Morgengrauen heranschwebendes gelbes Taxi, das in der Fifth Avenue (ferner konnte die Ferne nicht sein) vor der Hausnummer 727 zum Stehen kommt; die sich öffnende Wagentür, aus der ein fragil wirkendes Wesen steigt, und – sonnenbebrillt, im schwarzen Givenchy-Kleid – zur Atlasfigur hinaufsieht, die sich über der Eingangstür des Edeljuweliers „Tiffany & Co." (wer um alles in der Welt war das?) befindet. Auf seinen Schultern eine mächtige Uhr, die exakt 5:45 Uhr anzeigt.

Was dann geschieht, ist schlichtweg grandios: Hepburn, mit extravaganten schwarzen Stulpenhandschuhen bekleidet, fingert geschickt aus einer weißen Papiertüte erst ein Croissant, dann einen Pappbecher, gefüllt mit Kaffee – und frühstückt dann sichtlich genussvoll vor den hochkarätigen Schmuckauslagen. Henry Mancinis *Moon River*-Melodie verspinnt die Szenerie in einen süßen Kokon.

Das Croissant, Inbegriff französischer Lebensart, glich auf den ersten Blick jenen Hefeteighörnchen, wie sie mein Bäcker „Feinstaub", der gleich um die Ecke seinen Laden hatte, verkaufte. Nur – etwas war anders!

Dass beide nicht das Geringste verbindet, wurde mir bewusst, als ich Jahre später versuchte, ein „croissant de lune" eigenhändig zu kreieren. Die Zubereitung des mehrlagigen Ziehteigs (Feuilletage = Blätterteig), bei der ein sogenanntes Ziehfett (Butter) eingearbeitet wird, erfordert nicht nur viel Geduld – denn der Teig muss mindestens zwölf Stunden, am besten über Nacht, in Kälte ausharren. Es bedarf auch eines enormen Fingerspitzengefühls. Hernach entsteht nämlich in drei Phasen – „touren" – durch mehrmaliges Ausrollen und Zusammenschlagen ein Teigskelett, in das reichlich Butter

„tourniert“ (eingearbeitet) wird. Seine blättrige Fragilität wie köstliche Lockerheit erhält das himmlische Croissant durch die beim Backvorgang vom Fettgehalt unterdrückte Dampfentwicklung.

Dass über die Herkunft derart raffinierter Backkunst gestritten werden muss, wundert nicht. Von Wien ist die Rede, von Budapest. All das erklärt längst nicht, warum sich das Croissant zum Nationalsymbol Frankreichs entwickelte.

Schließlich, so schreibt der französische Gastrosoph Jean Anthèlme Brillat-Savarin in seiner *Physiologie des Geschmacks oder Betrachtungen über das höhere Tafelvergnügen* (erschienen in seinem Todesjahr 1826), hängt das „Geschick der Nationen“ von der Nahrung ab. Doch in diesem wunderbaren Handbuch philosophischer und leiblicher Genüsse, Brillat-Savarin hatte ein Vierteljahrhundert unermüdlich daran geschrieben, findet sich kein Hinweis auf das Croissant.

1853 erstmals erwähnt, legt eine Legende nahe, die fluffig-knusprige Spezialität sei mit keiner Geringeren als Marie Antoinette nach Frankreich gekommen. Die Tochter der Kaiserin Maria Theresia von Österreich hatte im zarten Alter von fünfzehn Jahren den französischen Thronfolger Ludwig August geheiratet. Beide endeten übrigens 1793 im Zuge der Französischen Revolution unterm Fallbeil.

Spektakulärer als das Croissant war jedoch die Tatsache, dass Audrey Hepburn ihren Kaffee aus einem Pappbecher trinkt. Das aus Amerika stammende Prinzip des Coffee to go verlief zeitgleich mit der Erfindung des Pappbechers, was wiederum ins Jahr 1907 datiert wird. Die Einzelhandelskette „7-Eleven“ begann Ende der 1920er-Jahre auf

Long Island damit, Kaffee in derartigen Bechern an die vorbeieilende Kundschaft zu verkaufen. Bei einem gewissen Tempo drohte das kostbare Getränk herauszuschwappen, sodass später ein Deckel dazu kam. Dieser wurde allerdings von „Starbucks“ erfunden.

Während mit *Frühstück bei Tiffany* eine wundersame Melange aus französischem Flair und amerikanischer Alltagskultur zelebriert wurde, war in meiner Parallelwelt guter Kaffee aus echten Bohnen, wenn überhaupt verfügbar, nur den Erwachsenen vorbehalten. Coole Getränkebehälter wie Hepburns Pappbecher, mit denen man einfach mal so die Straße überqueren würde, waren erst recht undenkbar – aus technologischen wie sittlichen Gründen: Was sollten die Leute denken?

Vor Kurzem überraschte eine Zeitungsnotiz mit der Nachricht, dass man fortan im dritten Stock des New Yorker „Tiffany“ etwas vom Flair des Kultfilms erhaschen kann. Allerdings klingt das spektakuläre Angebot wie ein schlechter Scherz: mit 29 Dollar (!) für das legendäre Croissant mit Kaffee, das durch eine Auswahl von Avocado-Toast, Lachs-Bagel und Trüffeleiern postpostmodern erweitert wird, verlangt man Hepburns Enkelgeneration nicht nur eine mächtige Imaginationsfähigkeit, sondern auch Finanzkraft ab. Ob sich damit nach sechs Jahrzehnten ein Traum erfüllt, sei dahingestellt.

Damals wie heute scheint mir ein ruhiges wie schlichtes Frühstück der Traum selbst. Bevor dieses Ritual jedoch in eigener Regie vollzogen werden konnte, wurden mir folgende frühe Stücke – „vruostücke“, mitunter auch als „erste pisse“ bezeichnet – zum Auftakt des Tages vorgesetzt: Haferbrei, verfeinert mit einem Klecks Butter oder Milchsuppe aus Grieß. Selbstverständlich täglich frisch zubereitet. Manchmal gab es auch mit selbstgemachtem Pflaumenmus bestrichenen Zwieback.

Rezept für einen vollmundigen paradeisischen Haferbrei: Ein Pott mit Hafer- bzw. Dinkelflocken wird in eine Kasserolle gegeben, in der zuvor ein Stückchen „gute Butter" geschmolzen wurde. Hinzugefügt werden, je nach Belieben, zwei Pötte Milch oder Wasser bzw. ein Pott Wasser & ein Pott Milch. Nachdem alles zum Kochen gebracht wurde, nimmt sich der Brei bei Minimaltemperatur 15 bis 20 Minuten Zeit, um seine himmlische Konsistenz zu erreichen. Abgeschmeckt wird mit Zimt, seltener mit Zucker.

Aus meiner Seele zieht / mit Nasenflügelbeben ein ungeheurer Appetit / nach Frühstück und nach Leben.

Joachim Ringelnatz

Diese erste Frühstückswelt, in der meine Großmutter die Hoheit über Leib – sprich: Haferbrei – und Seele – sprich: innige Zuwendung – hatte, währte bis in mein zehntes Lebensjahr. Jeder noch so lieblos angerichtete Frühstücksbrei – inzwischen wird allerorten von Porridge (engl. Brei) gesprochen – ruft diese Erinnerung an den sich verbreitenden Duft in einer engen, wärmenden Küche zurück. Chemische Vorgänge verbinden sich dabei aufs Feinste mit dem Gefühl absoluter Geborgenheit: In diesem Refugium konnte einem wirklich nichts geschehen.

Mit meiner Pubertät brach eine Zeit des kalten Frühstücks oder doch eher der Frühstücksignoranz an. Als eine Art stiller Verweigerung gegenüber dem in der Familie viel gepriesenen deutschen Sprichwort: „Frühstücke wie ein König, iss zu Mittag wie ein Edelmann und zu Abend wie ein Bettler." Die Welt war aus den Fugen, die der Nahrungsaufnahme auch. Die vermeintlich wichtigste Mahlzeit fiel aus. Rapider schulischer Leistungsabfall und körperliche Schlaffheit wurden vorausgesagt. Als ich später Friedrich Nietzsche las, der in seiner autobiografischen Schrift *Ecce Homo* die Frage der Ernährung über alles stellt, schienen seine Regeln der Abstinenz – vor allem der deutschen Küche und dem bayerischen Biergenuss gegenüber – meine stille Rebellion rückwirkend zu bestätigen: Welch ungeahnte Nähe zum Genius!

Jedoch waren zugleich einige Fragen entstanden und nicht nur die des Stoffwechsels. Zu lesen war auch: „Der deutsche Geist ist eine Indigestion, er wird mit nichts fertig." Wie war zu verstehen, dass Nietzsche die „Herkunft des *deutschen Geistes* – aus betrübten Eingeweiden" erklärt? Meine Übereinkunft stieß mit seinen Verdauungsstörungen eben dort an seine Grenzen, wo der Negativphilosoph vom geliebten Haferbrei als einer Entartung der deutschen Mehlspeise spricht, genauer gesagt, ihn als „Briefbeschwerer" verachtet.

Längst dämmerte die Erkenntnis herauf, Essen nicht nur als Nahrungsaufnahme, sondern als Sinnbild zu verstehen. Gänzlich ahnungslos, wie stark Nietzsches Denken vom eigenen Krankheitskomplex gesteuert wurde – er litt unter anderem an chronischem Magenkatarrh und heftigen Migräneattacken –, folgte ich blindlings seinen wüsten Denkbewegungen. Mir lag, gleich ihm, die Welt schwer im Magen.

Schließlich war unter „Warum ich so klug bin" zu lesen: „Keinem Gedanken Glauben schenken, der nicht im Freien geboren ist und bei freier Bewegung – in dem nicht auch die Muskeln ein Fest feiern." Nietzsches Fazit lautet: „Alle Vorurteile kommen aus den Eingeweiden."

Der Montag ist also kein Tag mehr, an dem uns der traumkillende Wecker für die Schufterei in Werkhallen, Krankenhäusern, Universitäten oder Büros wachklingelt. Im entspannten Aber-Leben hat regelmäßige/pflichtgehorsame Lohn- oder Hausarbeit nur noch Platz in Erinnerungen. Wir bestimmen unseren Wert durch eigene Entscheidungen. Wir legen die Richtung fest und wechseln sie nach Belieben. Notwendige Arbeit wird durch Lust getragen. Keiner gibt Befehle, Kontrolle ist Eigensache. Jederzeit kann sich jeder in die Schlummermatte hängen, die zwischen Apfel- und Kirschbaum gespannt ist. Gemeinsam halten wir das Haus aufrecht und sauber. Unsere Freiheit besteht darin, dass wir uns ihrer bewusst sind. Adam, der unser Treiben aus eng geschlitzten Pupillen heraus betrachtet, sieht trotz seiner mitunter kritischen Mauzigkeit noch in der Dämmerung unseres Daseins schärfste Farben, die es beleben.

Weitere Beweise für Adams besondere Begabung finden wir in der Scheune: mit den Krallen auf flache Schieferziegel geritzte, mit Eigenurin und Spucke fixierte lyrische Notate, die wir, tierlieb und demokratisch gesinnt, gern in unser Werk aufnehmen:

Erste katerphilosophische Absonderung

Nachts sind alle Katzen grau (Friedrich von Nietzsche)
Nicht Menschenfrau
Sei seelenschlau
Auch's Dunkel wozu zählet Dunkelblau
Ist schlau
Und ich: vorausgeschlaut
Geh mit der Peitsche zu den schlauen Frauen.
Und werden will ich, der ich bin!
Wer bist du, Adam, und worin?

(Anmerkung: Und wer ist Nietzsche?!)

Montags sitze ich als Erste am Küchentisch. Vor dem Fenster hängt der Frühmond klein, krumm und scharf wie ein Karambitmesser. Adam erhebt sich aus seinem Schlafkorb neben dem Herd und streicht bettwarm um meine Beine. Ich erkundige mich höflich, wie seine Nacht war, höre ein abfälliges *Äääng!*, stelle weitere Nachfragen ein. Ich brühe Kaffee, verzehre ein Brötchen mit Harzer Käse sowie ein weichgekochtes Ei, das eine Nachbarhenne, die von meinem Spezi, dem Althahn, umgockelt wird, frisch gelegt hat. Kühl dringt die Morgenluft aus dem Garten in die Küche. Gott sei Dank bringt sie nicht diesen Nebel, der sich aufs übermüdete Gemüt legt und unsereinen in streng getaktete Fron drängt. Würzig klar ist die Luft hier und heute. Adam tapert in die Scheune, um „einen guten Montag zu halten". Das heißt: Er wird dort seinen Kater ausschlafen, wie es mittelalterliche Handwerker und Gesellen getan, die sonntags zu tief ins Glas geguckt haben. Adam hat sich freilich nicht an Alkohol, sondern am Motten- und Mäusefang berauscht.

Ich mache das Fahrrad flott, um Einkäufe zu erledigen. Da wir ein Ideal leben, gibt es um die Ecke montags Markt, auf dem Bauern der Umgebung ihre Waren anbieten. Beim Landfleischer habe ich etwas Tierisches vorbestellt, das ich meiner Mitwohngesellin am Morgen nicht verraten, am Mittag jedoch servieren werde: *Flecke*. Das Vorhaben kostet mich Mut, doch ohne Wagnis ist das Leben Asche. Die Geschichte, die hinter meinem Geheimnis steckt, geht so:

Hader und Handtücher

Jeden zweiten Montag wehte eine stinkende Fahne durchs Schulhaus: der Duft der in militärgrünen Thermoskübeln angelieferten Schulspeisung. Flecke süßsauer!

Der Raum, in dem Schüler und Lehrer ihre Mittagsmahlzeit einnahmen, befand sich im Keller neben dem Sportgerätelager. Punkt zwölf Uhr standen Warteschlangen vor der Essensausgabe. Hinter der Theke: gräbelige Küchenhilfen, die mittels Aluminiumkellen den Kübeln Eintopf oder zu Pampe verkochte Gerichte entnahmen, um sie auf Plasteteller zu klatschen: Weißkohl, Gräupchen, Möhren, Milchreis, Lungenhaschee, Nierchen, Weiße Bohnen, Verlorene Eier, Tote Oma (Blutwurstmatsch). Mitunter gab es Kompott: Apfelmus, Kürbis, Grießgrütze, Götterspeise. Montagsflecke. Tapfer standen wir an, Bestecktaschen unterm Arm, und indem wir die Essensmarken über die Theke reichten, baten wir: „Gaaanz wenig!" Diabolisch grinsend tauchten die Küchenweiber ihre Schöpfkellen tief in die Kübel, holten sie genüsslich hoch und füllten unsere Teller bis zum Überlaufen mit grauer grausliger Suppe. Wir stocherten in der schleimig-säuerlichen Substanz, um unter den Flecken essbare Exemplare zu finden. Da gab es Pansen, die Fetzen von Frotteehandtüchern ähnelten. Labbrige Stücke Blättermagen nannten wir Hader, zähe Streifen vom Netzmagen Hundekaugummi. Hinter bräunlichen Schwämmchen vermuteten wir Lunge, hinter amorphen Teilen weichen Gewebes Kuheuter. Ich pickte Kartoffelstücke heraus, aß mit gehobenen Zähnen zerkochte Gewürzgurkenscheiben und neutralisierte das Elend mit einem Schluck Milch.

Noch jahrelang hat es mich vor sauren Flecken geekelt. Obwohl dieses Gericht in meiner sächsischen Heimat Tradition hat und noch heute mancherorts als Kultkonserve angeboten wird, kenne ich keine Familie, die damals in ihrer Privatküche Flecke zubereitet hätte. Meine Haltung zu diesem Gericht änderte sich, als ich Günter Grass' Liebes-, Kultur- und Küchenroman *Der Butt* gelesen habe. Der eröffnete mit der Frage „Wer isst mit mir Fleck Kutteln Kaldaunen?“ ein fulminantes Kapitel über die Zubereitung pommerscher Kutteln. Während der Lektüre erwachten meine vergrätzten Geschmackssinne. Ich wagte tatsächlich, das Grass'sche Rezept nachzukochen. Für ein paar Pfennige erstand ich beim Fleischer Flecke, die normalerweise als Hundefutter über den Ladentisch gingen. Ich hielt mich an die literarische Beschreibung und bearbeitete die waschlappengroßen Stücke mit der Bürste, wusch, wässerte, entfettete, zerkleinerte sie, um sie schließlich im Fleischtopf mit Zwiebel, Lorbeer und Pfefferkörnern auf kleiner Flamme zu kochen. Das sollte vier bis fünf Stunden dauern, erwies sich jedoch als falsch. Nach sieben Stunden waren die Hader und Handtücher noch immer zäh wie Leder, sonderten gräulichen Schaum ab und stanken bestialisch nach Kuhstall. Ich riss Fenster und Türen auf. Nach zehn Stunden nahm ich den Topf vom Herd, salzte, säuerte, pfefferte, fischte ein Frotteestück heraus, stippte mit der Zunge dran – und gab es dem Topf zurück. Es schmeckte, wie es roch. So wurde ich abermals zum Fleckenverweigerer. Doch nichts bleibt, wie es ist.

Flecke, Kutteln, Kaldaunen, Piepen, Pansen, Sulz oder Flaczki – in Polen probierte ich in Speck und Tomate gebratene Kaldaunen: smaczny! lecker! In Frankreich servierte man in Gänsefett kross geröstete Kalbskutteln: délicieux! Beim Türken esse ich gern İşkembe çorbası: Kutteln, zubereitet mit Milch, Butter, Eigelb, Zitrone: enfes! köstlich!

Na also, geht doch!

Verschärfte Flecke

Mein Fleischer hält für mich *1,5 kg in Streifen geschnittene Rind- und Lammflecke* bereit. Ich bestehe darauf, dass sie vorgegart sind, damit ich mir die Prozedur der Reinigung (früher nahm man dazu Seifenlauge!) und des endlosen Weichkriegens erspare. Wer auf Selbermachen und authentische Gerüche Wert legt, holt sich beim Türken das Original im Rohzustand. Zunächst lege ich eine Handvoll Flecke für den Kater beiseite, dann mache ich mich ans Werk. In einem breiten Topf erhitze ich *4 EL Butterschmalz* und gebe hinzu: *je 2 gewürfelte Kartoffeln, Zwiebeln, Möhren, 5 Knoblauchzehen, 2 Lorbeerblätter, 3 Pimentkörner, 1 scharfe Peperoni.* Diese unverfänglichen Zutaten brate ich 3 Minuten lang kräftig an. Danach gebe ich die sich in schnödem Schmutzweiß präsentierenden Flecke dazu. Ich *salze* das Ganze, rühre um. Es müffelt, hält dem Vergleich mit erwähntem Kuhstallaroma jedoch nicht stand. *25 cl trockener Weißwein,* den ich ins Kochgefäß kippe, machen dem Stinkeschwall den Garaus, zumal sich die Köchin zur Belohnung ein Schöppchen Wein selbst genehmigt. Der Topf wird gedeckelt und darf 35 Minuten auf mittelgroßer Flamme stehen, wobei ich die blubbernden Fetzen ab und zu umrühre. Nehme ich den Deckel schließlich vom Topf, entströmt dem Inneren unerwartet würziger Brodem. *3 EL Tomatenmark* geben dem Gericht die nötige Bindung und machen es zudem farblich attraktiv. *1 TL Zucker* rundet es ab, *gehackte Petersilie* darauf, fertig.

Bevor ich Carola mit dem Kochexperiment überrasche, hat Adam sein Urteil über dessen Grundzutat bereits gefällt: Ein Zipfelchen Pansen hängt ihm aus dem Maul. Er schluckt's, leckt sich die Pfoten, fläzt sich auf den Liegestuhl, fällt in seligen Schlaf. Weniger selig guckt meine Paradeisofreundin, als ich in edelweißen Porzellantellern das Gericht offeriere.

„Oh!" stößt sie hervor, zieht die Augenbrauen hoch und will wissen, ob der Kater schon sein Futter bekommen hat. Ich gebe Adams Komplimente wieder.

Carola meint ohne Umschweife: „Nö, diese Suppe esse ich nicht!"

Dergleichen Widerstand habe ich geahnt und veranstalte daher ein Schaulöffeln, mit dem ich versuche, Carola zum Kosten zu ermuntern. Ich bin überzeugt, sie würde nach dem ersten Bissen ihr Fleckenweltbild über den Haufen werfen und sogar Nachschlag haben wollen. Carola holt aus der Küche Brot und Butter. Ich bitte sie, von den Flecken wenigstens zu probieren, damit sie empirisch urteilen kann. Den kleinsten Kuttelfleck fischt Carola aus dem Teller, führt ihn zum Mund, als wäre er ein lebender Mehlwurm, kaut kurz, spuckt das Ausgekatschte Richtung Schlafkater. Ich fordere, wenn sie schon nicht brav ihren Teller leer isst, einen gastrosophischen Erfahrungsbericht. Schließlich kann sie auch ungenießbare Literatur analysieren.

„Interessantes Aroma", urteilt Carola mit dozierendem Timbre, „schön scharf, aber zu archaisch. Konsistenz: zerkochter Schlüpfergummi. Genussfaktor: null. Wiederholungspotenzial: Never!"

Ich lasse den Verriss gelten, obwohl ich anderer Meinung bin. Adam hat sich vom Verdauungsschlaf erhoben und bietet seiner Herrin gnädig den vorgewärmten Liegestuhl an. Dankbar legt sie sich nieder und denkt: Wenigstens einer versteht mich.

Carola selbst versteht mehr als nur den Kater, und lässt es mich wissen:

Makulaturblatt II

Ich esse keine Suppe! Nein!
Ich esse meine Suppe nicht!
Nein, meine Suppe ess' ich nicht!
Heinrich Hoffmann: *Der Struwwelpeter (1845)*

Heinrich Hoffmanns Bilderbuch *Der Struwwelpeter* hat seit seinem Erscheinen im Jahr 1845 Generationen fasziniert und provoziert. Aus Not entstanden – der Vater wollte seinem dreijährigen Sohn etwas „Nachhaltiges"(!) unter den Weihnachtsbaum legen –, flößt darin die Geschichte vom Suppenkaspar besonderen Respekt ein. Erst kugelrund und kerngesund, segnet der bald schon zu einem „Fädchen" abgemagerte Bub bereits am fünften Tag das Zeitliche. Ob in dieser Parabel didaktisch wie medizinisch alles richtig läuft, sei dahingestellt. Fakt ist: Wer nicht isst, ist nicht! Vielleicht treibt uns die Sorge um die richtige, sprich beste Nahrungsaufnahme deshalb vom ersten Atemzug um.

Oder wie es der bereits erwähnte Jean Anthèlme Brillat-Savarin in seiner *Physiologie des Geschmacks* ausdrückt: „Ob ich ruhe, schlafe oder träume, immer bleibe ich den Gesetzen der Ernährung unterworfen, bleibe im Reiche der Gastronomie."

Essen verbindet und separiert. Und so ist die Figur des Suppenkaspar in seiner strikten Abstinenz ein Außenseiter, ein Anorektiker, vielleicht der erste in der Literatur. Jenseits von wachsenden Hungersnöten und Wohlstand probt er konsequent den Rückzug aus einem sozialen Umfeld, das ihn zum klinischen Fall macht. Im Bild des Verfalls lassen sich jedoch auch lichte Momente erkennen. Vielleicht sogar eine gezielte Provokation, denkt man an das Schlaraffenland, das wohl jeder zu kennen meint, doch das niemandem bekannt ist.

Heinrich Heine imaginiert das Schlaraffenland in erotischer Manier, wenn er den „Herren von Schnabelewopski“ träumen lässt, er sei ein „bunter Harlekin“, der „recht faulenzerisch“ unter einer italienischen Trauerweide liegt: „Die herabhängenden Zweige dieser Trauerweide waren aber lauter Makkaroni, die mir lang und lebendig bis ins Maul hineinfielen; zwischen diesem Laubwerk von Makkaroni flossen, statt Sonnenstrahlen, lauter gelbe Butterströme, und endlich fiel von oben herab ein weißer Regen von geriebenem Parmesankäse.“

Makkaroni wie auch Parmesankäse galten zu Heines Zeiten wohlgemerkt als exotische Speisen. Das belegen Aufzeichnungen Ludwig van Beethovens, der in seinen Konversationsheften – wo erstaunlich viel über das Essverhalten und die Speisepläne des Komponisten zu erfahren ist – vermerkt, dass die begehrten Makkaroni dreimal teurer seien als Reis. Von Beethovens Neffe ist überliefert, dass sich das auf gesunde, fettarme Nahrungsmittel bedachte Genie sogar eine „Macaronen-Pastete“ gewünscht habe. Ein entsprechendes Rezept fand sich unter „Markaronie-Pastette“ lediglich im Kochbuch von Theresia Ballauf, obwohl zu dieser Zeit nahezu jede Speise mit Mürbe-, Blätter- oder Krustenteig ummäntelt wurde.

In Heines Traumbild spiegeln sich demnach konkrete Alltagserfahrungen wider, wobei sich die seelische Verfasstheit des Poeten nicht nur kulinarisch mit dem Sehnsuchtsland Italien verbindet. Schnabelewopski scheint ein Alter Ego des Dichters zu sein, dessen Passionen – neben dem Kampf um Freiheit und Wahrheit – das Essen = schnabulieren und die Erotik = schnäbeln, sind. Köstlichkeiten wie „eingemachte Ananas“ und „Trüffel in Burgunder“ schwebten dem Genießer als ewige Vision vor.

Wenngleich etymologisch undurchsichtig, lässt sich die Herkunft des Wortes Schlaraffenland (urspr. ein Scheltname) aus dem mittelhochdeutschen „slûr“ und „affe“, also „slûraffe“ ableiten, was so viel wie „herumschlendernder Müßiggänger“, schlichter auch Faulenzer, bedeutet.

Vom „Schluraffen landt“ ist in Sebastian Brants *Narrenschiff* von 1494, der erfolgreichsten Moralsatire des Spätmittelalters die Rede. Der just in diesem Jahr geborene Schuhmacher und Meistersinger Hans Sachs verkündet in seinem Spruchgedicht *Schlauraffen Landt*:

„Ain gegent haist Schlauraffen land,
Den faulen leuten wol bekant,
Das ligt drey meyl hinder Weyhnachten.
[…]

Wer vnnütz ist, wil nichts nit lehrn,
Der kombt im Land zu grossen ehrn;
Wann wer der faulest wirdt erkant,
Derselb ist König inn dem Landt.
Wer wüst, wild vnd vnsinnig ist,

Grob, vnuerstanden alle frist,
Auß dem macht man im Land ein Fürstn.“

Leider steckt in jedem Überfluss auch verpönte Völlerei, ein menschliches Laster, das, nach katholischer Lehre, die fünfte der sieben Todsünden darstellt. Gern wird in Märchen der Gebrüder Grimm sowie in denen Ludwig

Bechsteins deshalb das Schlaraffenland mit mythologischer Dimension versehen: Als Ort der Sehnsucht für Kinder (wie alle kindlich Gebliebenen) wird es zum Sinnbild, in dem reale Exzesse des Schlemmens möglich sind. Sprachlich lässt sich dieser Zustand, je nach Region, mit futtern, mampfen, spachteln oder schlampampen ausdrücken. Das wunderbare Wort „luxurieren" geriet leider in Vergessenheit. Lediglich in der Biologie, im Zusammenhang mit Hybriden, ist es geläufig, um das üppige Wachstum nach einer gelungenen Kreuzung zu feiern. In „luxurieren" ist jener Rest verborgen, um den es eigentlich gehen sollte: eine zeitlich befristete, von der Regel abweichende Verschwendung. Ähnlich dem Karneval mit seiner moralisch-sittlichen Ventilfunktion. Denn wie bereits von Paracelsus beschrieben, schließt das Schlemmen Begierden jeglicher Art ein. Wobei es Theophrastus Bombast von Hohenheim, eben jenem Paracelsus, gerade um die Abkehr von der Wollust = luxuria, auch in sexueller Hinsicht, ging: „Hast du eine Ehefrau, so ist es dir mit ehelichen Werken mit ihr erlaubt, aber nit zu luxurieren, das ist auszuschweifen. So wenig wie mit Essen und Trinken ..."

Essen war und ist ohne Zweifel Genuss und Lust, erzeugt jedoch auch Leid und Gewalt, nämlich dann, wenn man nicht genug davon hat. Bertolt Brecht resümierte im dänischen Exil: „Bei den Hochgestellten gilt das Reden vom Essen als niedrig. Das kommt: Sie haben schon gegessen."

Erinnert sei ebenfalls an den sogenannten Kartoffelkrieg von 1778/79, der geführt wurde, um eine Allianz zwischen Österreich und Bayern zu verhindern. An die zweihunderttausend preußische und sächsische Soldaten fielen in Böhmen ein und verwüsteten das Land sowie die wertvollen Kartoffelfelder. Der tschechische Schriftsteller Jaroslav Rudiš hat jüngst über das Phänomen der „kulinarischen Migranten aus Südamerika" – die in seiner Heimat „brambora" genannt werden – recherchiert. „Man musste sich immer viele Sorgen um die kleinen runden schmutzigen Kinder unter der Erde machen", schreibt er. Denn nicht nur das Verschlingen noch unreifer, also giftiger Kartoffeln durch ausgezehrte Soldaten rückte die Bedeutung der Knolle ins Bewusstsein. Auch um ihren ärgsten Feind, den gemeinen Kartoffelkäfer, hatte man sich zu kümmern. Er war in der Lage, ganze Landstriche kahl zu fressen. Als 1950 eine mächtige Schädlingsplage Deutschland heimsuchte, kursierte in der DDR die Meldung, die Käfer seien aus amerikanischen Flugzeugen als sogenannte Coloradokäfer über Deutschland abgeworfen worden. Für Jaroslav Rudiš hatte das ernährungstechnisch keine Konsequenzen: Sein Lieblingsessen ist bis heute „der schön fettige bramborák", ein Kartoffelpuffer mit viel Knoblauch und Majoran. Trotz unheilvoller Historie ist man sich im Dreiländereck zwischen Tschechien, Bayern und Oberösterreich einig, dass in solch einen „bramborák" Kraut und Geselchtes zu wickeln sei. „Klar ist, nach diesem Mittagessen kann man keinen Marathon laufen. Doch das machen die Einheimischen sowieso nicht", so Rudiš.

Auch bei Heinrich Heine, der den „Schiller-Göthischen Xenienkampf" als „Kartoffelkrieg" bezeichnet, wird das „Reden vom Essen" zur Metapher, kulturell wie politisch. „Mögen die christlichen Theologen sich noch so sehr streiten über die Bedeutung des Abendmahls; über die Bedeutung des Mittagsmahls sind sie ganz einig", gemahnt er ketzerisch in den *Memoiren des Herren von Schnabelewopski*. Obwohl Heine die „Sauerkrautsippschaft" Germaniens suspekt war – wie übrigens auch der Dichterfürst Goethe das deutsche Sauerkraut recht ordentlich hasste –, vergöttert er in den *Reisebildern* nachträglich die Apfeltörtchen aus Düsseldorfer Kindertagen: „Apfeltörtchen waren nämlich damals meine Passion – jetzt ist es Liebe, Wahrheit, Freiheit und Krebssuppe". Angepriesen von einem „säbelbeinigen Kerl" mit weißer Schürze, dessen „Diskantstimme" es ihm angetan hatte. Die Stimme und der Geruch „lieblich dampfender Apfeltörtchen" verschmelzen schließlich zu einem synästhetischen Genuss ohnegleichen, der fortan jeder Verführung anhaftet. Denn auch Signora Giulietta schlug solch „süßen, duftenden Apfeltörtchenton" an, ansonsten wäre der Galan „keine vollen zwölf Stunden geblieben".

Da Kutteln trotz oder wegen ihrer textilen Konsistenz wenig gehaltvoll sind, meldet sich nach zwei Stunden mein Magen mit verdächtigem Verlangen, der Mittagsschärfe Mildes entgegenzusetzen, etwas, das ebenfalls mit meiner Kindheit zu tun hat. Nur soll es ein größerer Sympathieträger als Saure Flecke sein. Carola, die von uns die Bäckerin und fürs Süße zuständig ist, weiß Rat: Buchteln! Ich bin sofort einverstanden. Die warmweichen, in chinolingelber Vanillesoße badenden Hefeteilchen haben mich schon manches Mal getröstet. Wurden sie zur Schulspeisung angeboten, blieben die Futterkübel, in die die Reste gekippt wurden, gewöhnlich leer.

Buchteln

Zugegebenermaßen ist die Zubereitung eines guten Hefeteiges ein Kunststück, dessen Gelingen von vielen Faktoren abhängt. Zum Beispiel von dem, ob ihm der Raum, in dem Geburt und Reifung stattfinden sollen, genehm ist oder nicht. Empfindet der feinfühlige Hefezellhaufen die Backstube als zu kalt, zu warm, zu zugig, zu stickig, zu finster, zu hell, zu hektisch oder ist ihm sein Aufzuchtfutter nicht süß genug, streikt er, will nicht gären und bleibt als hypotropher Klumpatsch in der Schüssel liegen. Ich kenne das Divengezicke aus eigener Erfahrung und lasse Carola ans Werk:

Zuerst gibt sie *500 g Weizenmehl* in eine große Schüssel. (Ich würde einen Löffel Buchweizenmehl beimischen, halte mich aber aus genannten Gründen zurück.) In den Gipfel des Mehlberges drückt sie eine Mulde und bröckelt *30 g frische Hefe* hinein. Die Hefe, das Sensibelchen, wird mit *1 TL Zucker* und *3 EL lauwarmer Milch* sorgsam verrührt, sodass in der Mehlmulde eine säuerlich duftende Pfütze entsteht. Die Schüssel mit einem sauberen Küchentuch abdecken, 10 Minuten unbeobachtet lassen, danach: Weg das Tuch! In der Regel hat sich die Pfütze in einen bläschenknisternden Schlammvulkan verwandelt. Wenn nicht, war's eine Totgeburt, und alles geht auf Anfang. Carolas Hefe lebt! Das große Kneten kann beginnen: *100 g Zucker, 1 EL Bourbonvanillezucker, 1 Prise Salz, 80 g Butter, 200 ml warme Milch* gesellen sich zu Mehl und Hefe. Die Zutaten walkt die holde Bäckerin so lange durch, bis der Teig zu schmatzen beginnt und Blasen wirft. Die rechte Knethand rotiert, klatscht, streichelt, schmeichelt dem Teigklumpen, bis er schließlich, wie sich Carola ausdrückt, eigenständig geworden ist. Eigenständig und willig, weiterverarbeitet zu werden. Das kann bis zu 20 Minuten dauern. Die Kugel bleibt in der Schüssel, das Tuch wird wieder aufgesetzt. Die Brutkammer kommt an einen warmen Ort. Bei uns ist es die Küchenecke, in der sich Adams Schlafkorb befindet. Nach einer Stunde erweist sich, ob der Hefeteig bereit ist, in die Zielgerade einzulaufen, oder ob er sich trotz aller Zeugungssorgfalt entschlossen hat, nicht zu wachsen. Carolas prächtig aufgeblähter Teig will geformt werden. Abermals wird er durchgeknetet, auf ein Brett gewuchtet und nunmehr knödelweis zerrissen. Die Knödel befüllt Carola wechselweise mit *1 TL Marillen- und Kirschmarmelade* und wälzt sie in *flüssiger Butter*. In einer Auflaufform werden sie Laib an Laib gelegt und bei 180 °C 30 Minuten gebacken. Voilà! Nach der Vollendung schneit *Puderzucker* auf die hügelige Buchtellandschaft.

Noch warm werden die süßen Wuchtbrummen zum Gartentisch getragen. Dazu Bohnenkaffee und, wer mag, Vanillesoße oder Schlagsahne. Wir mögen's pur. Mäuse, Spatzen, Frühsommerinsekten ebenfalls. Nur Adam bleibt außen vor. Buchtel, Wuchtel, Germknödel, Rohrnudel, Buchty, Bukta, Buhtle – unter welchem Namen auch immer die seelenheilende Speise die Welt beglückt – wir lieben sie!

In außerparadiesischen Zeiten sehnte der ostdeutsche Achtdreiviertelstundenmalocher den Arbeitsschluss herbei, obgleich er meistens nahtlos zur Zweitschicht überging. Bei mir war das so: einkaufen/anstellen (Mutter), Kind aus der Betreuungsstätte einsammeln (Vater), nach Hause eilen (VaterMutterKind), Sofa-Nickerchen (Vater), Abendbrot (VaterMutterKind), Abwaschen (Mutter), Sandmännchen (Kind), Heiamachen (Kind), Montagabendfilm (UFA-Knüller aus *Willi Schwabes Rumpelkammer*), AbinsBett! (VaterMutter).

Das typische Abendbrot bestand aus mit Wurst und Käse belegten Bemmen. Ebenfalls beliebt: Hackepeter, Tatar, Räucherfisch. Dazu Bier aus Bügelverschlussflaschen. Ab und zu gab es Warmes wie Rührei, Bratkartoffeln, Eierflockensuppe. Ab und zu Frisches wie Rapunzel-, Rettich- oder Gartensalat.

Wir Paradeisobewohnerinnen, die Kopf-, Hand- und Hausarbeit als Erfüllung erfahren, begehren abends oft etwas, das Magen und Seele wärmt. Eine Portion verschärfte Flecke ist übrig. Carola hat sie sicherheitshalber gleich in Adams Napf umgefüllt. Er wird sie sich mit den Igeln teilen müssen. Wir holen uns Unverfänglicheres ins Haus:

Bamberger Hörnchen und Tomaten

Bamberger Hörnchen heißen die köstlichen Kartöffelchen, die auf fränkischem Acker wachsen müssen, um diesen Ehrennamen tragen zu dürfen. Bieten Biobauern auf dem Markt die ersten Frühkartoffeln an, finde ich darunter ab und zu Bamberger Hörnchen. Ich stürze mich sofort darauf, weil sie anspruchsvoll und daher eine Rarität sind. Kaum einer kennt und schätzt die kleinen Edelknollen: Wie bucklige, warzenbehaftete Finger liegen sie als Fremdlinge im Körbchen. Dabei gelten sie als älteste deutsche Erdapfelsorte und wurden 2008 zur Kartoffel des Jahres gekrönt. Sie sind aufwändig im Anbau, taugen weder zum Schälen, noch kann man sie füllen, noch zu Püree oder Reibekuchen verarbeiten. Ihre feine Schale ist rötlich bis ockerbraun, ihr festes hellgelbes Fleisch schmeckt nussig.

Fürs Abendbrot spüle ich *1 kg Bamberger Hörnchen* (ersatzweise *La Ratte* oder festkochende *Drillinge*) mit Wasser ab, wälze sie unversehrt und noch feucht in grobem *Meersalz.* Umgebettet werden die gesalzenen Hörnchen auf ein Backblech, beigelegt *2–3 Zweige frischer Rosmarin.* Diese simple, aber treffliche Allianz zwischen Wesen unterirdischer Herkunft und mediterranem Lichtanbeter wird nun für eine halbe Stunde in den auf 200 °C vorgeheizten Backofen geschoben. Weiter geht es mit *1 kg Tomaten,* die die Größe von Tischtennisbällen nicht überschreiten sollten. Ich gebe sie in eine Auflaufform, streue *Meersalz und Pfeffer* darüber, drücke mit der Gabel *3 dicke Knoblauchzehen* an, geselle sie den Tomaten bei und beträufele dieses ebenfalls treffliche Paar mit reichlich gutem *Olivenöl.* Die Tomaten kommen zu den Kartoffeln in den Ofen, wo sie sich noch eine Viertelstunde gemeinsam aufhalten. Nach insgesamt 45 Minuten sollte alles gar sein. Mit meinen Topflappenfäustlingen aus Silikon, die wie Stahlgießerhandschuhe vor Hitze schützen, hole ich Backblech und Tomatenpfanne aus dem Ofen. Die heißen Hörnchen lege ich auf eine Platte und quetsche sie etwas an, damit die knusprige Schale aufbricht. Darüber werden die Knofitomaten verteilt, wobei der ausgetretene Saft in der Auflaufform zurückbleibt. Frischer *Mühlenpfeffer* sowie *2 EL Aceto Balsamico* (aus der Provinz Modena, alles andere ist Plagiat) würzen den Saft, welchen ich am Ende als duftende Soße über Kartoffeln und Tomaten verteile.

Zu diesem einfachen, doch unübertrefflichen Mahl, das an Italien-Aufenthalte erinnert, gönnen wir uns einen speziellen Rotwein. Heute, zur Feier des Wochenbeginns, öffne ich eine Flasche trockenen, gut gekühlten *Lambrusco.* Lambrusco ist ein venenblutroter Perlwein, der einzig und allein aus der Emilia-Romagna stammen und keinesfalls mit der 3-Euro-Plörre aus dem Supermarkt verwechselt werden darf. Ich bestelle hochwertige Varianten über das Internet, weil man sie hierzulande nicht mal über italienische Feinkostläden beziehen kann.

Haben wir beiden Damen den Lambrusco ausgesüffelt, spielen wir mit der schönen dicken Bauchflasche Flaschendrehen. Das gefällt auch Adam, der gerade aus der Schlacht heimkehrt. Erfolgreich hat er seinen Fressnapf gegen den Scharführer der Igelfamilie verteidigt und ist, im Siegrausch, bereit, weiterzukämpfen. Das auf dem Boden herumeiernde grüne Glasungeheuer kommt ihm gerade recht. Er schleicht sich an, fixiert den Feind, spannt die Muskeln, springt – rutscht ab und kugelt koppheister vor unsere Füße. Da wir über Adams Akrobatik lachen, zieht er sich demoralisiert zurück. Zu später Nachtstunde jedoch macht er sich auf einen Rachefeldzug durch unsere Schlafzimmer. Er legt Carola heimlich eine tote Maus und mir einen herausgewürgten Haarballen vors Bett. In meinem Schlafzimmer will der Held besonders bittere Rache üben: Er springt auf meinen Schreibtisch, auf dem sich unter anderem Aufzeichnungen für *Schmoren im Paradies* befinden. Der Kater überfliegt die Notizen, die ich vorm Zubettgehen gemacht habe, schüttelt sich, tritt auf die Blätter, hebt den Schwanz und markiert kritisierwürdige Stellen. Carolas Schriften werden, ganz wie der tiefgestapelte Name sagt, ebenfalls von Adam makuliert. Er befleckt sie auf höchst unwürdige Weise und ist auch noch stolz darauf:

Makulaturblatt III

wie in einem geheimen Einverständnis hatte sich überall geradezu eine Abneigung gegen das Schauhungern ausgebildet

Franz Kafka: *Ein Hungerkünstler*

Essen ist Ritual. Es strukturiert das Leben, reglementiert es aber auch. Wer freiwillig hungert, widersetzt sich.

Heinrich Hoffmann, Autor des erwähnten *Struwwelpeter*, war Mediziner, der als Geburtshelfer sowie im Leichenschauhaus arbeitete, in einer Armenklinik die Mittellosen versorgte und sich als ein Wegbereiter der Jugendpsychiatrie einen Namen gemacht hat. Schließlich macht Völlerei krank und Hungern ebenfalls. Seine Suppenkaspar-Figur, die als eine angsteinflößende Warnung verstanden werden sollte, rekrutiert sich aus Fakten der Zeitgeschichte. Auf dem inzwischen stillgelegten Jakobifriedhof in Leoben (Steiermark) befand sich einst das Grab eines neunjährigen Jungen, von dem in den Kirchenbüchern zu lesen ist, er habe die Nahrung verweigert und sei deshalb als Suppenkaspar in die Annalen eingegangen.

Auch in Franz Kafkas traurig absurder Geschichte vom *Hungerkünstler* wird die Nahrungsaufnahme verweigert. Kafkas Protagonist ist dem Hungern derart „fanatisch ergeben", dass er nach Abbruch des vierzigtägigen Experiments, welches „fehlerlos" verlief, weitermachen will. Dabei beginnt die Erzählung mit dem Unheil verkündenden Satz: „In den letzten Jahrzehnten ist das Interesse an Hungerkünstlern sehr zurückgegangen." Den Betroffenen selbst will das nicht daran hindern, „der größte Hungerkünstler aller Zeiten zu werden", sich also „bis ins Unbegreifliche" selbst zu übertreffen. Kurz vor seinem Tod danach befragt, warum er nicht aufhören will, antwortet er: „weil ich nicht die Speise finden konnte, die mir schmeckt". Nach seinem Tod zieht ein junger Panther in den Schaukäfig ein und bebildert das fanatische Hungern als Metapher für ein gescheitertes Freiheitsstreben.

Kafka, der Vegetarier war, schrieb die Erzählung 1922. Eingegangen sind nicht nur die Erfahrungen des Ersten Weltkrieges. Reflektiert wird darin noch ein anderes Ereignis. Zeitgleich verabschiedet sich die Menschheit von einer bis ins 19. Jahrhundert exzessiv betriebenen Unterhaltung zu einer bald „ökonomisch ausgerichteten Unterhaltungsform": dem Schauhungern. Sowohl Giovanni Succi, der in Mailand und Florenz öffentlich fastete, wie auch Auguste

Victoria Schenk, die sich 1905 in Wien als erste Frau derart präsentierte, lassen sich demnach als authentische Referenzfiguren denken.

Für uns ist das genüsslich-lustvolle Agieren in einem Raum sinnliches Vergnügen. Die Vielfalt sich überlagernder Gerüche zum synästhetischen Schlaraffenland macht die Protagonisten (anwesende sichtbare wie unsichtbare Tiere eingeschlossen) zu Gourmets. Wobei dem Wort, das inzwischen geradezu inflationär in aller Munde ist, besondere Bedeutung zukommt. Zurückgehend auf die Substantivierung des Adjektivs „gourmand“, das „gefräßig“ wie „leckerhaft“ bedeutet (wie auch Vielesser, Schlemmer), wird das Wort um 1800 im deutschen Sprachgebrauch im Sinne von Feinschmecker – Gourmet – heimisch.

Die Schlemmerei beginnt bei uns bereits beim Zubereiten der Speisen. Zwischen grammatisch unzulässig verkürzten Zurufen, schroffen Anweisungen sowie eintönigen Repetitionen wird das Hantieren mit Ingredienzien, Schüsseln, Töpfen zum lustvollen Austausch scheinbar simpler Erfahrungen, in denen sich nicht selten Herkunft und Vorlieben zeigen. Denn auf welche Weise ein Ei aufgeschlagen, wann welches Gewürz dazugegeben wird, ob der Siedepunkt des Wassers überschritten werden soll – darin entfaltet sich eine Mnemotechnik besonderer Art.

Ziestag

„Warum?!“

Ich halte Adam die von ihm eigenmächtig mit übelriechender Tinte korrigierten Notizblätter vor Augen.

„Was regst du dich auf?“, säuselt der Kater. „Ich verhindere nur, dass ihr euch mit eurem Schmorbuch ins Fettnäpfchen setzt.“

„Fettnäpfchen? *Du* kriegst gleich dein Fett weg! Was hast du überhaupt auszusetzen? Du wirst sogar in unserem Werk vorkommen, und das nicht zu knapp.“

„Das ist es ja“, greint Adam, „*Du* als seriöse Dichterin schreibst über einen sprechenden Kater? Carola will sich damit ihren Doctor habilitatus verdienen? Katzengeschichten in einem Kochbuch! Sind wir unter die schreibenden Hausfrauen gegangen? Wollen wir mit einer Novität den Literaturmarkt revolutionieren? Gedenken wir etwa, endlich einmal auf die Bestsellerliste zu geraten? Oder haben wir vielleicht nur Langeweile?“

„Wieso wir?“, will ich wissen.

„Wirst schon sehen“, sagt Adam und lässt unter der linken Lefze den Fangzahn hervorblitzen.

Zweite katerphilosophische Absonderung

Der Katze den Schmer abkaufen (Karola Marx)
So lass ich nicht mit mir handeln, Welt!
Reich bleibe ich, weil arm ich ohne Geld.
Was schreibt ein Ich, dem Großes innewohnt?
Ein neu's Kapitel Kapital*, das lohnt!

(*Gemeint ist Gottfried Kellers „Kater Spiegels futuristisches Manifest", S. 1344 ff.)

Ziestag. Ziustag. Dingsdag. Dienstag. Man mag denken, der Dienstag gemahne an unsere Amts- oder sonstige *Dienst*pflicht. Das ist unlogisch, denn Dienst tut der dazu verpflichtete Mensch die ganze Woche über. Der Dienstag galt in nordisch-nebligen Vorzeiten als „Tag des Gottes Ziu", der ein Nennbruder des Kriegsgottes Mars war. Das Zeichen für Mars ist die Lanze. Folglich wurde der Dienstag vom Mann dem *Manne* gewidmet. Ziu sei Dank!: Bis heute haben keine Gender-Korrektor*innen den Versuch unternommen, den Dienstag aus der Woche herauszukürzen oder umzutaufen. In einigen südlichen Gegenden Deutschlands jedoch wird er als Aftermontag bezeichnet, was nicht besser klingt. Wieder ist es Adam, der gegen weibliche Übermacht seinen Dickkopf stößt. Überall in Haus und Garten setzt er *ICH,* die potenzpheromonhaltigste aller Duftmarken, und krallt sich den Dienstag.

Bei uns früher war dienstags die Woche warmgelaufen. Der Montag, als Trieb- und Schiebwagen, hatte Fahrt aufgenommen und seine Energie weitergegeben. Noch war man frisch, tatkräftig, und küchenmäßig versprach der zweite Wochentag in Schul- und Werkskantinen oft „etwas mit Fleisch" oder wenigstens keinen Eintopf.

Kräutereuter und Karpfensushi

Meine Eltern waren Kriegskinder. Opa Otto hatte einen Posten als Lazarettaufseher in einem mährischen Arbeitslager. Opa Erwin sowie zwei seiner Söhne galten als „für Führer, Volk und Vaterland auf dem Felde der Ehre gefallen". An Männer statt bekamen die Witwen bald Besuch von Schmalhans Küchenmeister. In den Kochtöpfen braute sich Unheil zusammen, das den Hunger auszutricksen versuchte. Es trug Namen wie Zichorienkuchen, Brotrindensalat, Kräutereuter, Fitzfädelsuppe oder Stalinfett. Ein Spruch der Krisenküche lautete: „Entbehre gern, was du nicht hast." Von meiner Mutter weiß ich, dass sich die Lust des Entbehrens nicht richtig entwickeln wollte. Spindeldürr und halbverhungert wurde die achtjährige 1946 zu Verwandten aufs Land geschickt, welche mit Milch, Mehl und Rübensirup Aufbauarbeit leisteten.

Das Dreigespann Krieg, Nachkrieg, Hungersnot hockte lange noch unterm Familientisch. Als *ich* acht Jahre alt war wurde aufgetafelt, was in der „schlechten Zeit" nur in den Träumen meiner Verwandten existierte: Butter, Sahne,

Speck, Nudeln, Kuchen, Wurst, Fleisch, von allem oft und reichlich. Die Angst vor erneutem Hungern schwang den Löffel. Also schlemmte man, was die volkseigene Nahrungsplanwirtschaft hergab. Da ich als Kind eine eher zaghafte Esserin war, wurde ich mit Sprüchen gefüttert wie: „Schlagsahne ist gut für Mädchen", „Iss auf, du musst zusetzen!" Im Kindergarten drückten mir die Erzieherinnen wie einer Stopfgans Milchreis in den Hals. Ich wurde zur Kur geschickt, wo ich und andere Suppenkasper mit hochkalorischen Speisen zum „Zusetzen" gebracht werden sollten. Ohne Erfolg.

Zu Hause wurde, wie bei fast allen berufstätigen DDR-Bürgern, nur am Wochenende oder zu Feiertagen gekocht. Und zwar so, wie es bei meinen Vorfahren in „besseren Zeiten" üblich war. Keiner war jemals bürgerlich wohlhabend, keiner ein Feinschmecker oder gar Feingeist. Über Generationen hin wurde hart und fraglos für Familie und Vaterland geschuftet. Selten reiste jemand aus freien Stücken irgendwohin, schon gar nicht in die Ferne. Hatten es männliche Ahnen über die deutsche Grenze geschafft, so waren das die Schlachtfelder zwischen Verdun und Stalingrad. Mit Ende des Zweiten Weltkrieges brach die alte Welt auseinander. Meine Familie blieb sich und ihrer Herkunft treu. *Vergaß dei Haamit net.* Noch in meiner Kindheit hieß es: Auf einen deutschen Tisch gehört deutsches Essen. Das musste ohne „Fiesematenten" sein und satt machen, mehr nicht.

Niemand hungerte in der DDR, doch war sie keine Haute-Cuisine-Hochburg. Zutaten, die der Kulinarik dienten, wurden rationiert, imitiert, improvisiert, sogar ideologisiert. Ostdeutschland schottete sich von der internationalen Küche ab. Es hatte seine Gründe, warum – mit

Ausnahme von Soljanka und Letscho – kaum ein ausländisch klingendes Gericht auf privaten oder gastronomischen Speisekarten stand. Erst als sich 1968 die ersten Vertragsarbeiter aus den „sozialistischen Bruderländern" Ungarn und Polen unter unsere Werktätigen mischten, wurde zaghaft ostdeutsches Küchenbrauchtum nachgewürzt: vornehmlich mit Knoblauch und Paprika. In hauptstädtischen Lokalen konnte man sogar sämtliche Küchen der Brudervölker, einschließlich Kuba, durchprobieren.

Ein bizarres Unterfangen in Sachen internationale Küche gab es in Thüringen. Von 1966 bis 1986 existierte in der Waffenstadt Suhl der „Waffenschmied", ein japanisches Restaurant. Der Besitzer, ein Japan-Fan, der das Land jedoch nur aus der Literatur kannte, kreierte aus einheimischen Zutaten japanische Gerichte. So ersetzte er zum Beispiel Bambus durch Kohlrabi, Sojasoße durch Bino-Suppenwürze, Sushireis durch Milchreis oder Lachs durch gefärbten Karpfen. Mit Hilfe des Kostümfundus des Meininger Theaters wurden Kimonos genäht, welche Suhler Kellnerinnen in Geishas verzauberten. Bis zu zwei Jahren im Voraus war das Restaurant ausgebucht, allerdings nicht nur wegen der adaptierten ostasiatischen Küche, sondern auch, weil der raffinierte Besitzer als Extraangebot rituelles japanisches Nacktbaden offerierte. 1986, drei Jahre bevor die DDR ins Nirvana ging, spielten skeptische Genossen nochmal ihre Macht aus, mobbten den Restaurantbesitzer und veranlassten die Schließung des „Waffenschmied".

Wie die jeweilige Gesellschaft in den Kochtöpfen ihrer Bürger mitzurühren versucht und wie der Beruf der Speisenzubereiter und -zubereiterinnen dieselbe beeinflusst, darüber weiß Carola Auskunft zu geben:

Makulaturblatt IV

Das Essen kochen kann ich nicht,
dafür bin ich zu klein.
Doch Staub hab ich schon oft gewischt,
wie wird sich Mutti freun!

Kurt Schwaen: *Wenn Mutti früh zur Arbeit geht* (DDR-Kinderlied, 1951)

Der deutsche Universalgelehrte und Arzt Agrippa von Nettesheim schrieb im 16. Jahrhundert, dass der Koch im alten Rom anfangs lediglich „gemeine Knechtsarbeit" verrichtete. Erst mit dem Zubereiten „überflüssiger Schlemmereien" als einer „Kunst" begann sein sozialer Aufstieg: „ihre Sorge und Bekümmernis gehet nur alleine dahin, von überall her auszukundschaften, was sie der Kehle zur Anreizung geben".

Erstaunlich ist, dass noch immer vor allem Frauen die schlichte Notwendigkeit familiärer wie karitativer Verpflegung erfüllen, während sich die Gourmet-Elite weitestgehend aus Köchen rekrutiert. Die Geschichte der Kochkunst war jahrhundertelang nicht nur eine Klassen-, sondern auch eine Geschlechterfrage. So schwebte dem Dominikaner Tommaso Campanella in seinem 1602 geschriebenen und erst zwanzig Jahre später publizierten *Sonnenstaat* ein Gesellschaftsgefüge vor, in dem es keinem als „niedere Verrichtung" vorkommen soll, in der Küche zu arbeiten oder zu bedienen oder Kranke zu pflegen: „Was immer eine Verrichtung des Körpers ist, das nennen sie durchaus ehrenhaft."

Von Utopie spricht auch der Wladimir Iljitsch Lenin fälschlicherweise zugeschriebene Satz: „Die Köchin wird den Staat regieren." In seinen Schriften ist dieser nicht zu finden. Das zielgerichtete Agieren der Köchin wird zur

Metapher und dient als Indikator, um vergangene wie bestehende Zustände kritisch zu bewerten. Eine zukünftige Macht, an deren Spitze eine Köchin das Sagen hätte, die kein Essen mehr anbrennen lässt, geschweige denn einem Bedürftigen die Mahlzeit verweigert, schmeckt nach Emanzipation aller. Übrigens bezeichnete Lenin im Jahr 1921 den späteren Diktator Josef Stalin weise vorausschauend als einen Koch, der nur „scharfe Gerichte" anrichten würde.

Die Soziologin Frigga Haug verweist in ihrem *Historisch-kritischen Wörterbuch des Feminismus* auf eine interessante Entdeckung: Bertolt Brecht habe in verschiedenen Texten die Frau in der Küche aufgefordert, zu lernen, damit sie später die „Führung" übernehmen kann (*Die Mutter*; *Lob des Lernens*). In *Me-ti*, einer zu Brechts Lebzeiten unveröffentlicht gebliebenen Sammlung von Aphorismen, Sentenzen und Maximen, findet sich die Wendung: „Mi-en-leh [steht für Lenin] sagte, jede Köchin müsse den Staat lenken können. Er hatte so zugleich eine Veränderung des Staates wie der Köchin im Auge. Man kann daraus die Lehre ziehen, dass es vorteilhaft ist, den Staat als eine Küche, die Küche aber als einen Staat einzurichten."

Eine tiefschwarze Satire über jedwede Ambition, die Führung (!) übernehmen zu wollen, liefert die Schriftstellerin Gisela Elsner, die in den 1960er-Jahren den deutschen Mittagstisch ins Visier nimmt. Nach den Erfahrungen der Weltkriege ist Essen für sie vor allem ein barbarischer Akt, der – wie im Mythos – einer Opferung gleicht. In ihrer Erzählung *Die Mahlzeit* wird das alltägliche Zubereiten und Essen zum Balanceakt zwischen Leben und Tod. Hier sitzt eine Generation am Tisch, die am Kriegsgeschehen beteiligt war, wie, ist nur zu ahnen. Während täglich riesige

Fleisch- und Kartoffelberge als Zeichen des Wohlstands auf dem Tisch stehen, soll vergessen gemacht werden, was geschehen ist. Im Wirtschaftswunderland sehnt man sich nach üppiger Mahlzeit, nicht nach Trauerarbeit. Elsner entschließt sich deshalb, die Handlung aus der Perspektive eines Kindes wiederzugeben. Groteskerweise ist diesem Kind der leibliche Vater auf „höchst surrealistische Weise" – wohlgemerkt in Friedenszeiten – abhandengekommen: ein mehr als bitterer Kommentar zum hybriden Machtstreben. Er, der „kleine" Lehrer, hatte in einem Restaurant seinen Vorgesetzten, den Oberlehrer, nicht gebührend gegrüßt. Später, als sich herausstellt, die Küche wird an diesem Sonntag kalt bleiben, braucht es dafür einen Schuldigen. „Ihren Magen habe ich nicht knurren hören", so der Oberlehrer, „sind Sie es vielleicht, der hier alles aufgegessen hat?" Die Antwort nicht abwartend, fallen sämtliche Gäste über den Unschuldigen her: „Es war ein großes knurrendes Knäuel aus Armen, Beinen, Rümpfen, das sich hin und her wälzte auf dem Fußboden, das meinen Vater bedeckte. Hin und wieder sah ich einen Arm hoch darüber sich erheben mit einem Besteck in der Hand und mit Wucht hinabsausen."

Elsners bittere Satire durchströmt ein kalter Blutgeruch, der finsterste Zeiten heraufbeschwört, als sei seitdem kein Tag vergangen. In ihrer radikalen Gesellschaftskritik wird die in ihrer Rolle verhaftete Mutter aus purer Existenzangst zur Köchin. Vor der geöffneten Bratröhrentür kniend, als symbolischer Kniefall der Vernichtung, stellt sie sich die bange wie vieldeutige Frage: „Ob es wohl reicht?" Sollte das Essen nicht pünktlich auf dem Tisch stehen, droht sich der kannibalische Vorgang zu wiederholen: Dieses Mal träfe es allerdings die Köchin.

Meine Familie, der Politik, Weltgeschichte und Welt überhaupt als eher ungenießbares Ragout vorkamen, hielt ihren Sättigungsehrgeiz auf Bewahrung heimatlicher Küche beschränkt. Mit einer Ausnahme: ungarisches Paprika. Dieses Standardgericht bereite ich für Dienstagmittag vor. Ich habe es ein wenig abgewandelt und internationalisiert:

Gefüllte Paprika mit …

Gefüllte rote Paprikaschoten waren Vaters Lieblingsessen. Frisch aus Ungarn exportiert, strömten sie den Duft sonniger Exotik aus. Vom Plattenspieler entfachte „die Juliska, die Juliska aus Buda-, Budapest“ mit ihrem „Herz aus Paprika, das kein’ in Ruhe lässt …!“ in unserer mildsinnigen Stube operettenhaftes Feuer. Scharf durfte Paprika allerdings nicht sein. Auch das handelsübliche Pulver lief unter der Bezeichnung „rosensüß“. Chili, Cayenne oder Peperoni waren unbekannt.

Für den heutigen Tag kaufe ich *3 große rote ungarische Spitzpaprika*. Grüne, gelbe, orange, bauchig-blockige, Sorten aus Nordafrika, Südamerika oder gar nordeuropäischen Treibhäusern verbieten sich. Ich wasche die roten Wundertüten, köpfe sie mit geradem Schnitt einen Zentimeter unter dem Stängel, pule die Samen heraus. Zwei Messerspitzenstiche ins zipfelige Fruchtende schaffen Luftkanäle, damit sich die Füllung gut verteilt. In einer Teigschüssel knete ich: *250 g Lammhack, 100 g zerkrümelten Schafs- oder Ziegenkäse, 3 EL Buchweizengrütze, 1 Ei, 1 große gewürfelte Zwiebel, 3 kleingeschnittene Knoblauchzehen, 2 EL gehackte Petersilie, 1 EL Kreuzkümmel, je 1 gestrichener TL Gewürznelken, Cayenne, Koriandersamen, Piment, Zimt (alles gemahlen), Salz, Pfeffer.* Sobald die Knetmasse als homogener Kloß gestreichelt werden kann, wird sie in kleinen Portionen in die leeren Schoten gestopft, wobei man darauf achtet, dass diese nicht reißen und keine Luftpolster entstehen. Die prall gefüllten Juliska-Herzen werden nun in einem flachen Topf mit *3 EL Olivenöl* kräftig angebraten. Die Paprikahaut soll bräunen, jedoch nicht verkohlen, sonst nimmt es ein bitteres Ende. Zwar kann man die Haut mitessen, mein Vater pflegte sie jedoch im Ganzen abzuziehen und auf dem Tellerrand zu drapieren. Er nannte die Fetzen „Rote Hemden", und das Gericht hieß bei uns auch so. Sobald die Schoten rundum angebraten sind, begieße ich sie mit *800 ml Wasser* und lasse sie im geschlossenen Topf auf mittlerer Flamme 30 Minuten schmoren. *2 EL Paprikamark,* das noch heute als ungarischer Exportschlager in Supermärkten angeboten wird, dicken die Soße an, mit *Salz* und *Zucker* abschmecken, bis zum Auftafeln ruhen lassen.

... Polenta

Früher wurde zu „Roten Hemden" jene Beilage serviert, die sämtlichen Fleisch- und Fischgerichten zukam: Salzkartoffeln. Ich liebe Kartoffeln, doch Salzkartoffeln auf

Ahnenart langweilen mich. Heute muss es *Polenta* sein! Das lateinische Wort bedeutet „Gerstengraupen", ist aber trotz der germanischen Vorliebe für Gerste (Bier, Gräupchen, Muckefuck) nicht in deutsche Küchen eingegangen. Jedenfalls nicht, bevor sich die Denk- und Ländergrenzen erweitert hatten. Polenta, zwischen Norditalien, Frankreich, Spanien, Österreich (Plent) und Südrussland schon lange zu den billigen Sättigungsmitteln zählend, kommt heutzutage nicht als Arme-Leute-Essen, sondern als Delikatesse auf den Tisch. Allerdings besteht zeitgenössische Polenta nicht aus Gerste, sondern aus Maisgrieß. Ich nenne die gelben Körnchen meiner siebenjährigen Enkelin gegenüber Goldgrieß, worauf sie „Goldgrieß mit Milch und Zucker" zu ihrer Leibspeise erhoben hat. Polenta kann man in kraft- und zeitaufwändiger Rührprozedur selbst herstellen, ich bevorzuge die vorgegarte Variante: *200 g Polentagrieß* mit *1 TL Salz* in einen Topf geben, so hoch Wasser auffüllen, dass es 2 cm über dem Grieß steht. Aufkochen, umrühren, nach 3 Minuten vom Feuer nehmen, *1 EL Butter, 1 Prise Muskat,* sowie *1 Bund feingehackte Kräuter* unterrühren, bei Bedarf mit *Wasser* oder *Milch* verdünnen. Der grüngesprenkelte Goldbrei erhält auf dem Teller einen würdigen Platz neben den „Roten Hemden".

Zurück zum Ungarischen. Ich eröffne das Mittagsmahl mit einem Gläschen halbtrockenen Tokajer. Tokajer jenseits der Premiumqualität schmeckt wie Rosinensoße, bereitet Kopfschmerzen, und man sollte ihn gar nicht erst ins Haus lassen. Egészségedre! sagt Fräulein Juliska – Prost!

Der Begriff Vesper war in der nachprotestantischen DDR weitgehend unbekannt. Der nachmittägliche Süß-Snack hieß schlichtweg „Kaffee und Kuchen“ und wurde meistens nur sonntags zelebriert. In der Woche kaufte man höchstens mal ein Stück Kuchen beim Bäcker, um ihn gleich aus dem Papier zu essen. Und wer erinnert sich nicht an Kuchenrindel, die die Bäckerin uns Kindern tütenweise schenkte, an schlechten Tagen jedoch einen Groschen dafür verlangte. Die Sonntagnachmittagstafel mit Torten, Tanten, Bohnenkaffee wurde in meiner Familie erst Ende der Sechziger üblich, als Fertigbackmischungen den ostdeutschen Frauen (die fast sämtlich Werktätige *und* Hausfrauen waren) das Backen erleichterte. Buttercreme- und Quarksahnetorten kündeten vom süßen Frieden, der in Wirklichkeit auf der Kippe stand wie alte Milch.

Der Bratkuchen

Werden Mehl, Milch und Zucker zu zähflüssigem Teig verrührt und in einer Pfanne in Butter gebraten, sagen die Sachsen: „Mir backen Eierkuchen.“ Dabei weiß jede Hausfrau zwischen Aachen und Annaberg: Kuchen wird definitiv nicht gebraten, sondern gebacken. Eierkuchen ist demnach kein Kuchen, sondern ein Eierbratling. Doch wen schert's, wenn's schmeckt. Anderswo im Lande heißen Eierkuchen Pfannkuchen. Verlangt der Sachse Pfannkuchen, meint er „Berliner“: Hefeteigbällchen, die nicht, wie der Name vermuten lässt, in der Pfanne gebraten, sondern in siedendem Schmalz schwimmend ausgebacken werden, wobei der korrekte Begriff für „ausbacken“ „frittieren“ wäre. Slawisch erscheinen uns Eierkuchen als Plinsen bzw. Bliny. In Österreich, Ungarn und anderen osteuropäischen Ländern kommt Palatschinken auf den Tisch. Das Wort stammt vom rumänischen Plăcintă → lateinisch: placenta

→ deutsch: Mutterkuchen. Na Mahlzeit! Wiener und Schwaben schnippeln Eierkuchen zu Frittaten beziehungsweise Flädle, um sie in Suppe baden zu lassen. Amerikaner, die es süß, fett und aufgeblasen mögen, vertilgen Türme hochgestapelter, in Ahornsirup ersoffener Pancakes. Holländische Poffertjes stehen dem nicht nach. Erst mit den italienischen Crespelle nähern wir uns der französischen Edelvariante des Eierkuchens, nämlich den Crêpes.

Eierkuchen meiner Kindheit erinnere ich als flink hergestellte Süßspeise, die Mutter mit Zucker bestreute, mit Marmelade bestrich oder mit Heidelbeerkompott bläute. Eierkuchen wurden warm gegessen oder kalt zusammengerollt in eine Brotbüchse gestapelt, wenn sie zum Picknick/Wandertag mitgenommen wurden. Eierkuchen verlangt heutzutage meine Enkelin bei ihren Urgroßeltern zu speisen. Alternativlos! Heute treibt sie eine süße Ahnung ins Paradeiso, in dem ihre Mutter den Löffel schwingt.

Ungarisch haben wir mittags „Rote Hemden" aufgetafelt. Französisch soll uns der Nachmittag mit Eierkuchen à la Susanne belohnen, die jedoch nicht von irgendeiner Susanne, sondern von Carola kreiert werden und die natürlich viel vornehmer klingen: *Crêpes Suzette.* Einigen berühmt gewordenen Speisen hängt die Entstehungslegende eines Missgeschicks an. So soll dem *Kaiserschmarrn* ein verunglückter Palatschinken vorausgegangen sein, der dem Koch von Kaiser Franz Joseph I. zu dick geraten und gerissen war. In seiner Not hat er den Verunfallten mit Rosinen und Staubzucker verarztet und als Mehlspeis-Novität präsentiert. Bingo! Auch unser *Crêpe Suzette* beruht auf einer mehr oder weniger nachprüfbaren Katastrophengeschichte: Ende des 19. Jahrhunderts sollte der britische Kronprinz und spätere König Edward VII. von einem Kochlehrling in

Monte Carlo mit dünnen Eierkuchen an Fruchtsoße bewirtet werden. Dabei fing ein Likör plötzlich Feuer. Der Lehrling blieb entspannt, tunkte die Crêpes in die entflammte Marinade, kostete und erklärte dem erstaunten Königsanwärter, dies sei eine superbe kulinarische Novität. Das Ergebnis wurde nach der charmanten Begleiterin Edwards – Suzette – benannt, und somit herrschte auf royaler Ebene wieder Friede, Freude, Eierkuchen.

Crêpes Suzette

Um echte Crêpes herzustellen, bräuchte man eine Crêpière. Das ist eine heizbare gusseiserne Platte, auf der der flüssige Teig fast ohne Fett, mit einem Teigrechen glattgestrichen und gebacken wird. Franzosen haben so ein Gerät zu Hause, wir kennen es aus der Gastronomie oder von Marktbuden. Carola und ich haben beschlossen, nicht jedes Küchengerät, das Weltläufigkeit verspricht, anzuschaffen. Daher besitzen wir weder Entenpresse, Fritteuse, Elektrogrill noch Flexirührer, weder Koch-, Brotback- oder Kaffeevollautomat. Und eben auch keine Crêpière. Eine runde Flachpfanne muss genügen.

125 g Weizenmehl wird mit *50 g Puderzucker* gemischt. Der weiße Puderhaufen verwandelt sich unter Zugabe von *2 Eiern, 50 g flüssiger Butter* sowie *250 ml Milch* in sämigen Teig. Alles schön glattrühren, *30 Minuten* quellen lassen. In besagter Flachpfanne werden *3 EL Rapsöl* ordentlich heiß gemacht. Die Kunst besteht nun darin, aus dem Teig zwölf dünne Eierkuchen (Carola, aus dem Anhaltinischen stammend, sagt natürlich Pfannkuchen) zu backen, ohne dass sie anbrennen oder beim Wenden in fadenscheinige Lappen zerfallen. Verdienen die Eierkuchen den Namen

Crêpes, werden sie, wie ein Taschentuch, zu Vierteln gefaltet. Carola, die ihre Fähigkeiten gern an die junge Generation weitergibt, unterrichtet meine Enkelin in der Kunst des Eierkuchenfaltens. Sie tut dies hingebungsvoll und vorzüglich, sodass sie von uns zur Crêpefalterin ernannt wird. Zur Belohnung erhält sie zwei Eierkuchen, kindgerecht mit Zucker bestreut. Nun beginnt der royale Teil der Crêpesherstellung. *1 Bio-Orange* heiß waschen, die äußere Schale in feinen Zesten abziehen. Das geschieht mittels Zestenreißer (Zesteur), einem kleinen Küchengerät mit Klingen, die aus scharfkantigen Löchern bestehen.

„Was haben wir eigentlich früher, als wir Zestenreißer nicht kannten, mit den Schalen gemacht?“, frage ich Carola.

„Reibeisen!“, stöhnt sie.

Zwar ist die Orange jetzt enthäutet, doch noch lange nicht entehrt. Der Saft wird ausgepresst, *1 EL Zucker* sowie *1 EL Butter* in der Pfanne geschmolzen. ¼ des Saftes löscht die süße Butterpfütze ab. 3 Crêpes werden sacht in die Soße gelegt, kurz erwärmt und mit *2 EL Orangenlikör* balsamiert. Der Likör, damit er brennt, muss mindestens 40 % Vol. enthalten. Mit Cointreau oder Grand Manier macht man nichts falsch. Am Ende gibt es jenes Feuerwerk, das den britischen Thronfolger samt seiner Muse Suzette in Begeisterungswahn getrieben haben soll: Die Crêpes werden flambiert und mit Orangenzesten bestreut. Die Procedure, das ist klar, wird noch zwei Mal wiederholt.

Carolas Suzettes sind der Orangenhimmel auf Erden. Selbst der Mainachmittag nimmt sich etwas von der aufsteigenden Südfruchtsüße. Bienen, Wespen, Fliegen besuchen unsere Kaffeetafel. Im Realleben würde ich Pattiseuse Carola mit mindestens drei Gourmetsternen dekorieren. Zumal sie neben der praktischen Ausführung ihrer Kunst dieselbe in geistvollen Worten abzuhandeln weiß:

Makulaturblatt V

Aber wir sind schwer zu ernährende Wesen …
Friedrich Nietzsche: *Nachgelassene Fragmente* (1885)

Jüngst wurde verkündet, dass es in Deutschland noch immer keine Drei-Sterne-Köchin gäbe, aber mehrere Köche, die mit dem begehrten Sterntrio ausgezeichnet wurden. Obwohl das Starkochsystem relativ jung ist, die Mehrzahl der Food-Blogger jedoch inzwischen weiblich, löst das Bild der Köchin weiterhin Irritationen aus. Dabei hat sich das klassisch-französische, zum Teil auch das mediterrane Kochen aus einer bodenständigen wie fantasiereichen, stets zur Improvisation bereiten Hausfrauenküche heraus entwickelt, so Douce Steiner, eine der wenigen Zwei-Sterne-Köchinnen. Das widerspricht Friedrich Nietzsches Äußerung, der die Dummheit der Frauen ins Verhältnis zur Lobpreisung des Kochens setzt. Wobei der Verdauungsspezialist sämtliche Körperfunktionen kritisch mit dem Geist verbindet. „… wir sind schwer zu ernährende Wesen und haben überall Feinde und gleichsam Unverdauliches“, zitiert ihn der Philosoph Christian W. Denker in seiner erkenntnisreichen Studie *Vom Geist des Bauches*, „man muss keine Nerven haben, man muss einen fröhlichen Unterleib haben“.

In Lyrik, Prosa und Theaterstücken, wo reichlich gekocht und demnach auch verdaut werden müsste, erweist sich die Köchin als seltsam schillernde Figur: Mal ist sie ein profanes, dralles Weib mit groben Händen, das man verachtet und nach verrichteter Arbeit aus dem Speisezimmer verbannt, ein andermal die Verführung pur, ein Objekt der Begierde, das gleich den von ihr zubereiteten Speisen, quasi als Teil des Menüs, vernascht werden sollte.

Ästhetisch wie philosophisch auf ganz anderem Niveau stellt die dänische Schriftstellerin Karen Blixen das Thema in ihrer „Gourmet"-Novelle *Babettes Gæstebud (Babettes Fest)* dar.

„Mög die Speise den Leib mir erhalten / Und der Leib mir die Seele hochhalten, / Dass die Seele in Taten und Worten / Preis kann singen dem Herrn allerorten."

Was Blixen erzählt, kann als eine symbolisch aufgeladene Parabel bezeichnet werden. Babette Hersant, ehemalige Starköchin im Pariser „Café Anglais" und als Pétroleuse der Guillotine knapp entkommen, ist ins vom Pietismus geprägte dänische Jütland geflohen, wo sie als Magd lebt. Ein Lottogewinn versetzt sie in die Lage, noch einmal ihr berühmtes „dîner français" zu kochen, nun aber für eine genussferne wie -feindliche Gemeinde, die sich aufgrund ihrer Religiosität in allseitiger Enthaltsamkeit übt.

Babettes Dinner vollzieht sich in folgenden Gängen: Schildkrötensuppe, Blinis Demidoff (dünne russische Eierkuchen mit schwarzem Kaviar), Cailles en Sarcophage (Wachteln mit Stopfleber und Sauce Perigourdine) und Baba au rhum (ein Napfkuchen aus süßem Hefeteig mit Obst). Gereicht wird zu diesem sagenhaften Essen die körperreiche Variante des Sherry, ein Amontillado, später ein Champagner der Marke Veuve Clicquot 1860 und schließlich Cognac.

„Im Allgemeinen", schreibt Blixen, „redeten die Leute in Berlevaag nicht viel beim Essen. An diesem Abend aber schienen die Zungen gelöst." Je mehr gegessen wird, umso leichter „an Gewicht und leichter von innen her" fühlen sich die Gäste. Doch Babettes Kochkunst vermag nicht nur die Zungen zu lösen. Durch den Geschmack der köstlich zubereiteten Cailles en Sarcophage schwebt in General Löwenhjelm eine glückliche Zeit herauf, da er einst in Paris derart gespeist hat. Seine Sinnesorgane haben all das vermeintlich Bewältigte gespeichert. Ihm wird klar, dass Babette jene Person ist, die damals „als das größte kulinarische Genie" galt, denn sie „verwandelt ein Diner im Café Anglais in eine Art Liebesaffäre – eine Liebesaffäre von der edlen, romantischen Sorte, wo man nicht mehr unterscheidet, was körperliche und was geistige Begierde und Sättigung ist".

Natürlich kann man versuchen, Teile des Diners nachzukochen. Zum Beispiel Blinis Demidoff. Blinis gehören zu den ältesten Gerichten der russischen Küche: „Blin" geht auf „mlin" zurück und bedeutet so viel wie mahlen/molet. Isst man allerdings zu viele, kann man, wie in Nikolai Leskows satirischer Erzählung *Der eiserne Wille*, zu Tode kommen.

Wir lesen, schwatzen, schwelgen und lassen uns vom Maigetier umbrummen. Kater Adam wartet derweil ungeduldig aufs Abendbrot. Da gibt es etwas, das er durch süßeste Blütendüfte hindurch erschnuppert: Hering!

Der Familienhering

Das Schlimmste kurz nach dem Krieg bedeutete für Opa Otto, dass der Hering *falsch* war. Auf dem Polenfeldzug hatte der Großvater durch Granatsplitter ein Auge verloren. Mit dem verbliebenen jedoch sah er durchaus, dass das, was ihm meine sächsische Großmutter 1946 am heimischen Küchentisch servierte, nichts mit dem zu tun hatte, was er als Leib- und Magenspeise schätzte: „eingeleeschten Häring". Vom echten „eingelegten Hering" konnte er vorerst nur träumen. Bis der Hunger aus dem Land vertrieben war, rieb Großmutter rohe Kartoffeln samt Schale, wie es zur Herstellung von „grünen Glitschern" (Kartoffelpuffer) üblich war, verrührte die Masse mit einem Ei, salzte, pfefferte, formte sie zu länglichen Gebilden und briet sie kross in ein wenig Margarine. Sie ließ die fischförmigen Teile auskühlen, übergoss sie mit Essigwasser, fügte Lorbeer und Zwiebelringe hinzu und ließ sie eine Nacht in diesem Sud ruhen. Am nächsten Tag betrog sie ihren Mann mit seiner Lieblingsspeise, bezeichnete das undefinierbare bräunliche Zeug auf dem Teller frech als „Brathering" und drohte: „Nu mecker bloß nich noch rum!"

Großvater meckerte dennoch. Beleidigt kniff er sein heiles Auge zu, als wolle er der Täuschung wenigstens optisch entgehen. Er roch am Teller. Schließlich überwand er sich, kostete die sauren Fischglitscher, aß sie auf, schnalzte mit der Zunge und wischte sogar mit den Fingern das letzte Fäserchen vom Tellerrand. Als er Wochen später zum Geburtstag einen echten Bismarckhering geschenkt bekam, weinte er vor Freude und Zuversicht.

Heringe waren beliebt. In meiner Familie gehörten sie seit Generationen zum Abendessen. Auch mein Vater liebte Hering: grün, auf der Haut gebraten mit Kartoffelbrei, als Salat mit Apfel und Zwiebeln, sauer als Rollmops, geräuchert als Bückling, auch als Konserve in Tomatentunke, aber besonders eben „eingeleescht". Achtzehnjährig war Vater als Marinesoldat der Nationalen Volksarmee auf einem Minensuchboot auf der Ostsee unterwegs. Manchmal, wenn eine Mine auftauchte, wurde sie nicht – wie es Vorschrift war – gehoben und entschärft, sondern unter Wasser gesprengt. Nach der Explosion trieben tausende Fische, auch Heringe, wie ein Teppich auf der Wasseroberfläche. Der Smutje hatte viel zu tun. Jedes Mal, wenn es in meiner Familie Fisch gab, erzählte Vater vom Heringsteppich auf der Ostsee. War Opa Otto beim Essen dabei und leckte den Teller ab, bekamen wir zum hundertsten Mal die traurige Geschichte vom „falschen Brathering" zu hören. Auch Mutter hatte etwas zum Thema beizusteuern: „In einen Harung jung und schlank, zwo, drei, vier, ss-ta-ta, tirallalala / der auf dem Meeresgrunde schwamm, zwo, drei, vier, ss-ta-ta, tirallala / verliebte sich, o Wunder / ne olle Flunder, ne olle Flunder …", trällerte sie, während ich begeistert auf dem Sofa hüpfte. Vater legte einen Schwank aus seiner Soldatenzeit nach und erzählte, wie er während des Ausgangs in schnieker Matrosenuniform im Kulturhaus des VEB Fischkombinates Saßnitz zum Tanzabend ging, stets darauf bedacht „'n Mädel aus'm Büro" als Tanzpartnerin an die Angel zu kriegen. Die Mädchen aus der Verarbeitung, behauptete er, hätten nach Fisch gestunken, egal, wie sie sich bemühten, den Geruch mit Seife und Kölnisch Wasser zu verbannen.

Eingeleeschter Hering

Auch ich liebe unseren Familienfisch. Heute Abend soll es welchen geben. Seit zwei Tagen wartet er, im irdenen Topf gut durchgezogen, auf unseren Appetit. Wie habe ich's gemacht?

Ich kaufe im Fischgeschäft *3 mittelgroße Fettheringe*. Früher gab's Fettheringe in jedem Lebensmittelladen. Heute rennt man sich sogar in einer Stadt wie Berlin die Hacken danach ab. Die hartgesalzenen Fische werden in ein großes Gefäß mit Wasser gelegt und über Nacht gewässert. Man wechselt das Wasser insgesamt dreimal. Am nächsten Tag sind die Heringe dick und glänzend, als wären sie gerade frisch der Ostsee entstiegen. Ich nehme ein Schneidebrett, wo ich die Fische hemmungslos, aber nach der Regel ausweide. Also: Vorsichtig mit scharfem Messer vom After her zwischen den Bauchflossen Richtung Herz aufschneiden, Milch oder Rogen beiseitelegen, den Innereien-Rest für Adam bewahren und die Heringe ordentlich unter fließendem Wasser waschen. Danach werden sie martialisch enthauptet, Schwänze und Flossen abgeschnitten, die Haut abgezogen. Alles Ausgenommene, Abgeschnittene und Abgezogene übergebe ich Adam. Jetzt schneide ich die präparierten Fische quer in drei Teile. Die Marinade wird vorbereitet. Anderswo nimmt man Sahne, ich als Sächsin nehme *1 Liter frische Buttermilch*, welche ich in eine Schüssel kippe. Dahinein kommen: *1 kleingeschnittener geschälter Apfel, 1 gewürfelte Zwiebel, 1 gehackte Gewürz- oder Salz-*

gurke, 3–4 Pimentkörner, 1 EL Senfkörner, 2 Lorbeerblätter sowie die gehäutete und zermanschte Heringsmilch bzw. -rogen. Ein wenig *Gurkenbrühe* oder *1 EL Apfelessig* zusätzlich kann nicht schaden. In diese herrliche Soße werden nun die Heringsstücke eingelegt und müssen mindestens 24 Stunden darin durchziehen.

Zu diesem Festschmaus reiche ich *Pellkartoffeln* sowie *frische Brötchen,* die man in die Soße 'neiditschen kann. Man isst den „eingeleeschten Hering" am besten mit den Fingern, weil man ihn noch von den Gräten befreien muss. Tipp: Einfach mit dem Daumen aufs Heringsstück-Rückgrat drücken, dann löst sich die Hauptgräte vom Fleisch. Die entgräteten Fischhappen badet man mit den Fingern in der Soße und steckt sie, wie der Holländer den Matjes, einfach in den Mund. Die verbleibende Soße samt Ingredienzien wird nun entweder gelöffelt oder, wie erwähnt, mit Brötchen aufgeditscht. Ist der Teller leer, empfiehlt es sich, ihn nach Opa Ottos Art abzulecken. Das einzig akzeptable Getränk zu diesem Gericht ist *Bier*, zum Abschluss, nach Seejungfrauenart, ein hochprozentiger *Kümmelschnaps*, am besten Aquavit.

Adam, der sich auf einen Verdauungsspaziergang macht, hält auf dem Feldweg vorm Haus inne und blickt nach oben. Zwei silbrige Nebelbänder, von einem grau glänzenden Wolkenstreifen durchzogen, schwimmen über ihm: himmlische Heringshäute. Ozeanisches Nachtlüftchen. Die Schöpfung ist für Adam mit einem Mal dergestalt in Ordnung, dass er überlegt, dem satten Moment sein Leben zu opfern. Schließlich habe ich neun davon, denkt er mondscheinphilosophisch, eines kann ich entbehren!

Dritte katerphilosophische Absonderung

Schüchtern – mit bebender Brust, übergebe ich der Welt einige
Blätter des Lebens, des Leidens, der Hoffnung, der Sehnsucht,
die in süßen Stunden der Muße, der dichterischen Begeisterung
meinem innersten Wesen entströmten.
(Ernst Theodor Adameus)

M.U.R.R.
R.u.h.m
Rum
Um!

(Anmerkung: Dieses Anti-Haiku widmet der Verfasser
seinem romantischen Freund Herrn Hoffmann,
der nicht mit ihm identisch ist.)

Mittiwehha

Geschmackssache

Am liebsten würde ich meine
Sauerampfersuppe bedichten
Wie sie so auf den Tisch kommt
Mit Weißwein, Butter, einer Prise Muskat.
Ein Gedicht! rufen die Esser.
Wie aber reimt's sich zusammen?:
Von der Wiese gepflückte Blätter verkocht
Und dass es uns schmeckt?

Mittiwehha. Mittewochen. Mittwoch. Der Mittwoch ist der einzige Tag, dem unsere Ahnen die heidnische Gottheit, die der Benennung von Wochentagen zugrunde liegt, aus dem Namen gewaschen haben. Während zum Beispiel im englischen Wednesday Gott Wodan noch anklingen darf, hat der deutsche Christ irgendwann den Mittwoch als „Mitte der Woche" markiert, ihn darüber hinaus (weil Judas an einem Mittwoch Jesus verraten und verkauft haben soll) zum Unglückstag gestempelt, was wiederum bei den Orthodoxen dazu führte, ihn zum Fastentag zu deklarieren. Ebenfalls nach drohendem Unglück klang der DDR-Mittwoch. Pünktlich dreizehn Uhr ertönten im ganzen Land die Sirenen. Das Auf- und Abjaulen des „Probealarms zum Schutze der Bevölkerung" ließ meine kriegserprobte Verwandtschaft im Lehnstuhl erstarren; uns Kindern blieb regelmäßig beim Schulessen der Löffel in der Luft stehen.

Adam müssen wir darauf hinweisen, dass der männlich konnotierte Dienstag abgelaufen und Frauentag angesagt ist. Das Genus von Mittwoch war nämlich ursprünglich feminin. „Ogottogott", stöhnt der Kater und denkt: Das ist bestimmt nicht mein Tag! Und liegt damit leider richtig.

Wir Nutznießerinnen einer Idealzeit halten den Mittwoch für eine gute Gelegenheit, um eine vegetarische Pause einzulegen. Genau das, was unser Mann im Haus nicht verstehen kann. Inzwischen ist der Veggieday in zahlreichen von Großküchen versorgten Institutionen ein beliebter Versuch, die Fleischfressermentalität vieler Kantinenbesucher mit dem Angebot gut zubereiteter Pflanzenkost umzustimmen. Für unser Zwei-Weiber-Team ist der Veggiemittwoch keine Herausforderung, sondern Spielwiese der Kochlust. Adam hingegen pocht auf sein Recht: Der Schöpfer habe ihn, wie alle Tiger, als hochspezialisiertes Raubtier geschaffen, das einzig und allein Fleischernes zu fressen imstande sei. Außerdem hätten *wir* ihn *Adam* getauft, was so viel wie Mann (also Fleischfresser) bedeute.

„Du bist zwar schlau, aber jetzt bringst du alles durcheinander", rügt Carola das naseweise Tier. „Adam bedeutet ‚Mensch'. Erst beim Anblick von Eva hat er sich als ‚Mann' erkannt. Wenn du verstehst, was ich meine. Außerdem vertragen Männer durchaus Salat, und getauft bist du auch nicht!"

„Warum heiße ich dann Adam?", faucht Adam, die Ohren spitz.

„Zum Spaß", lautet die Antwort.

„Wir hätten dich auch Lilith nennen können, du weißt, worauf das hinausgelaufen wäre?"

Da sträubt sich sein Fell, und Adam dreht die Ohrspitzen nach vorn. Sich an mich schmiegend, bauchkatert er: „Was soll ich armer Kater machen, wenn's heute kein Fleisch gibt?"

„Diät", empfiehlt Carola mit Blick auf Adams Wampe.

„Ich glaube, es hackt!", zischt er.

Erhobenen Schwanzes verlässt Adam den ertragreichen Garten. Allerdings nicht für lange.

Fleischeslust

Das Wort „vegetarisch" gehörte nicht zum Wortschatz eines DDR-Bürgers. In meinem damaligen Freundes- und Familienkreis kannte ich keinen, der sich bewusst fleischlos ernährt hat. Man aß, was der Lebensmittelhandel zu bieten hatte. Fleisch und Wurst standen auf der Forderungsliste der Bürger ganz oben. Allerdings gab es im Laufe der DDR-Ernährungsgeschichte stets Phasen extremer Fleischknappheit, sodass improvisiert werden musste: Man kannte Leberwurst ohne Leber, Speckfett ohne Speck, Krautgulasch nur aus Kraut. Omas Kriegskochbücher sowie Friedensfantasie waren gefragt. Die Proteste der Bevölkerung, wenn die Fleischerläden leergefegt waren, reichten weit, zumal auch das Obst- und Gemüseangebot keine Triumphe feierte. Das Bewusstsein für hohen Fleischkonsum hatte sicher *eine* Ursache in der Nachkriegsmangelernährung, die bis Anfang der Fünfzigerjahre die Moral untergrub. Lebensmittel waren rationiert. Als es endlich wieder genügend Fleisch gab, dampften – zumindest sonntags – üppige Braten auf ostdeutschen Tischen. Auch in Schul- und Betriebskantinen wurde oft und variantenreich Fleischernes eingesetzt. Natürlich kein Steak oder Filet, sondern Wurst, Innereien, Speck, Well- und

Suppenfleisch. Zwar wurde, weil die Bevölkerung zunehmend verfettete (nicht nur durch den Konsum von Wurst und Fleisch) von den Gesundheitsbehörden in den späten Siebzigern Rohkost und Obst propagiert, doch vegetarisches Bewusstsein, das die Auswirkungen der Massentierhaltung einschloss, gab es nur bei wenigen Bürgern.

Fleisch wurde demnach auch reichlich in meiner elterlichen Küche zubereitet. Selten gab es Vorbehalte, was die Essbarkeit bestimmter Tierteile oder Fleischsorten anbelangte. Meine Erinnerung an in Butter und Zwiebel gebratenes Rinderhirn (dem man vorher die Haut abziehen musste) ist keine schlechte, ebenso wenig wie die an den Anblick der im Topf brodelnden Hasenköpfe, die man in munterer Tischgesellschaft abnagte. Geschmorte Nutria (Biberratte mit großen gelben Nagezähnen!) schmeckte delikat, und kein Mensch hat uns damals vorgeworfen: Solche niedlichen (wahlweise: ekligen) Tiere isst man nicht!

Heute essen wir gerne vegetarisch, genährt von Verstand und gutem Geschmack, frei jeder Ideologie und frei jeden Bekehrungswillens. Wir sind, da in paradiesischer Gestimmtheit lebend, gegen alles Maßlose. Im Habenwollen wie im Verzicht. Beides macht krank, humorlos und ungesellig. Eindrückliches Beispiel für die Folgen maßlosen Genussverzichts in modernen Wohlstandsgesellschaften sind für mich Extremköstler, wie zum Beispiel militante Veganisten. Kürzlich musste ich einem die Freundschaft kündigen, da er mein extra für ihn ohne Ei, Butter und Milch gebackenes Osterbrot mit einem Aufschrei des Entsetzens zurückwies: „Das darf ich nicht!“

„Wieso? Kein Tier musste für das Backwerk leiden.“

Er: „Doch! Die arme Hefe!“

„Hefen sind keine Tiere, sondern Zellen", wagte ich einzuwenden.

„Es sind Lebewesen!"

„Sie haben weder Augen, Hirn noch Sex."

„Aber eine Seele!", schluchzte er.

Ich ließ den Kuchenkasper fortan mit sich allein und aß das seelenvolle Brot selbst. Dazu schmierte ich dick Butter (arme Kuh!) und Honig (arme Bienen!) darauf.

Die Pole heutiger Welternährung spannen sich weit: zwischen Hungersnöten und Fleisch-Fett-Zucker-Orgien, Hungerkoma und Fasteneuphorie, profitabler Massenviehhaltung und ebenso profitabler Nahrungsvernichtung, zwischen Molekularfood und XXL-Burger, Fresssucht und Anorexie. Steffen Mensching resümiert den absurden Zustand, der im Grunde ein politischer ist, im Vers: „Der eine frisst Dreck, der andre Diät."

Auch Carola hat Politisches beizutragen:

Makulaturblatt VI

Keine einzige Kartoffel mehr in ganz Deutschland
Thomas Bernhard: *Der deutsche Mittagstisch*

Ginge es nach dem grandiosen Schriftsteller und Dramatiker Thomas Bernhard, wären sämtliche Nahrungsmittel in Deutschland wie Österreich ungenießbar. Weit davon entfernt, Gründe für diese flächendeckende wie zeitlose Unverträglichkeit in der Verseuchung von Lebensmitteln oder Allergien zu suchen, geht es ihm um die radikale Analyse einer gestörten, nicht funktionierenden Erinnerungsarbeit. In seinem Dramolett *Der deutsche Mittags-*

tisch, eine wilde Farce über die familiäre Zusammenkunft zum Zwecke der Speisung, ist von „Nazisuppe“ die Rede, während das Familienhaupt immer noch in der „deutschen Nazivaterhose“ steckt. Die Köchin, bekleidet mit einer „deutschen Mutterschürze“, serviert derweil die Suppe, in die Bernhard gewaltig spuckt. Zum Zwecke des Tribunals haben sich achtundneunzig Personen aus fünf Generationen um einen Tisch aus deutscher Eiche versammelt. Unkontrolliert werden Satzfetzen herumgeschleudert, wobei nahezu alle Anwesenden zu Wort kommen. Nur die zweite Generation ist stumm. Ihr wurde der Mund mit ideologischem Müll gestopft. So ist ihr kein Schnabel gewachsen, um frei sprechen zu können. Was aus den Mündern kommt, die etwas sagen, ist vergiftet wie das Essen selbst. Der deutsche Mittagstisch ist für Bernhard nicht nur zu einem leeren Ritual erstarrt, bei dem man sich stärkt und genießen sollte. Mit der Routine der Nahrungsaufnahme, deren Ingredienzien sämtlich ungenießbar sind, werden Ort und Zeit zum täglichen Tribunal.

Heute, wie gesagt, verzehren wir wenig Fleisch, und wenn, kaufen wir es frisch vom Biohof. Wurst kommt selten auf den Tisch. Seit sich die Welt für uns geöffnet hat, schöpfen wir aus dem Reichtum der internationalen Obst-, Gemüse- und Gewürzwelt. Doch gilt es als unanständig, im Dezember Erdbeeren, Spargel, Kirschen zu kaufen oder im Mai Äpfel aus Übersee. Saisonal & regional soll es sein, und das ist gut so. Nachdem ich so viel über Fleisch geschrieben habe, wird mein Ton endlich vegetarisch:

Die Pole des Bohnenkäses

Nicht nur in Ost-, auch in Westdeutschland war Tofu, der heute allseits beliebte asiatische Bohnenkäse, bis vor etwa zwanzig Jahren nahezu unbekannt. Ich, die bis dato als einzige fernöstliche Lebensmittel Reis sowie aus Ungarn importiertes Currypulver kannte, begegnete dem Tofu zunächst in seiner einfachsten, nämlich ungenießbarsten Form: als zwei kalte, weiße Blockscheiben, die nackt und unschuldig an ein Reishügelchen gelehnt in einer Kantine auf meinem Teller landeten. Die ich aus dem Speisenangebot wählte, weil ich's wissen wollte. Das weiße bröckelige Zeug schmeckte nach Radiergummi. Als ich es mit Salz, Pfeffer, Senf, Maggi und Ketchup aufpeppte, verlor es ein wenig von seiner Laschheit, wurde dadurch jedoch kaum attraktiver. Dem Kantinenkoch musste es wie mir gegangen sein: Keine Ahnung, wie man die fremde Substanz zubereitet, hatte er seinen Geschmack oder gar seinen Verstand verloren.

Monate später speiste ich in einem Restaurant, das sich auf die Fahne geschrieben hatte: echte Sichuan-Küche.

Ich gab dem Tofu eine zweite Chance und orderte „Mapo Doufu“, ausgezeichnet mit drei Chili-Sternchen. Die Kellnerin fragte mit der durchtriebenen Freundlichkeit einer Chinesin: „Kennen Sie dieses Gericht?“

„Ich will es kennenlernen“, antwortete ich wahrheitsgemäß.

„Wirklich?“

„Jaaa.“

Die Kellnerin lächelte, verbeugte sich, brachte eine Flasche Wasser sowie alsbald die vielversprechende Sichuan-Kreation: In duftender rötlichbrauner Soße gebettet lagen feingeschnittene, gewürzdurchtränkte Würfel Tofu, dekoriert mit Frühlingszwiebel, Knoblauch, Koriander und Chili. Der erste Bissen explodierte mir im Mund. Nach dem zweiten soff ich die Wasserflasche leer, was natürlich keine Linderung brachte. Für den dritten Bissen benötigte ich zehn Minuten, bis ich ihn meiner verweichlichten Zunge samt Verdauungstrakt zumutete. Ich brannte, heulte, schniefte, doch der Geschmack war sensationell! Ich bewältigte die halbe Portion, ließ mir den Rest einpacken und verzehrte ihn, durch Nachtruhe gemildert, am nächsten Tag. Ich fand heraus, dass der Name „Mapo Doufu“ seine angebliche Erfinderin ehrt: „nach Art einer pockennarbigen alten Frau“. Fortan war ich Tofu-Anhängerin.

Wiewohl ich meine Tofugerichte scharf, doch letztlich „nach Art einer mutigen Europäerin“ zubereite – ich mag Tofu nicht mehr missen. Abartprodukte wie Sojamilch oder -joghurt finde ich schauderhaft, fester Tofu hingegen, mit Fantasie zubereitet, ist ein interessanter Mitspieler in der Kochshow meines Lebens. Immerhin wird er von der Mongolei bis China seit dem Altertum verzehrt, gegenwärtig sogar aus deutschen Sojabohnen hergestellt.

Es gibt ihn allen möglichen Geschmacksrichtungen von Schwarzwaldstyle, Rauchwurst bis Obstcurry. Auch wenn Tofu gut mit Fisch und Fleisch kombinierbar ist, verzichten wir heute auf diese Allianz.

Chutney mit …

Zuerst das *Chutney*, weil es Zeit zum Durchziehen braucht. Das Herstellen der indischen Spezialität in der eigenen Küche hat seit Jahren Tradition. Zur Erntezeit landen in einem Riesenkochtopf Pflaumen, Äpfel, Birnen, Beeren, Pfirsiche, Quitten, Kürbisse, Tomaten, Zwiebeln, viel Zucker, viel Essig und das ganze Arsenal an Spezerei, das die milde deutsche Gartenfrucht in exotische Würzmarmelade verwandelt. Man kann Chutney, heiß in Gläser gefüllt, jahrelang im Keller vergessen, wobei es immer besser wird. Falls man sich an die Gläser erinnert. Man kann es auch frisch zubereitet essen. Carola hat sich als Chutney-Künstlerin entpuppt und schwingt den Löffel nach eigenem Rezept: Auf dem Tisch liegt schlachtreif *1 süß duftende Mango.* Da der Mai keine heimischen Früchte abwirft, hat sich Carola für die schöne Brasilianerin entschieden, zumal Mangochutney in sämtlichen Schärfegraden zu den Klassikern zählt. Die buntgeflammte Frucht wird geschält, das sonnengelbe Fleisch vom Stein gelöst und kleingeschnitten. *1 große Zwiebel* fein hacken. Hinein damit in den Kochtopf! Hinzu kommt ein *3 cm langes Stück frischer Ingwer,* geschält und gerieben. Carola schwört neuerdings auf *Ingwer-Tropfen-Konzentrat,* das ihr ein Apotheker irgendwann mal gegen Übelkeit empfohlen hat. Wir verabreichen der Mango-Zwiebel-Mischung 10 Tropfen. *½ frische rote Chilischote* entkernen, hacken, *60 g Grümmel-Kandis, 150 ml*

Apfelsaft, 3 EL Apfelessig, 1 TL Kurkuma, 1 TL Kreuzkümmel, 1 TL Salz sowie *etwas Pfeffer* hinzufügen und bei milder Hitze zum Kochen bringen. Rühren, rühren, rühren, bis das duftende Gemisch schlotzig-klebrig vom Löffel tropft. Nun kann man das Chutney, wie erwähnt, in Gläser füllen, sofort verschließen und in den Keller verfrachten. Wir lassen unser Chutney diesmal lediglich abkühlen, nicht ohne ihm eine Durchziehpause zu gönnen.

Carola leckt den Löffel ab. Ich decke im Garten den Tisch. Adam, der beleidigt in der Landschaft umhergetigert war, ist heimgekehrt und schnappt nach Fliegen. Ich mache mich an die Zubereitung des Tofus.

… gebratenem Tofu

Dazu habe ich *300 g festen neutralen Tofu* gekauft. In manchen Asia-Läden wird er lose in Salzlake angeboten, im Supermarkt in Plastikhülle, was ihm keinen Abbruch tut. Seidentofu, wabbelweiche Variante des Bohnenkäses, taugt für Süßspeisen oder als Suppeneinlage, nur nicht zum Braten. Ich schneide den großen Tofuwürfel in kleine Würfel, mische diese mit *1 TL Salz*. Währenddessen koche ich in Salzwasser *250 g Basmati-Vollkornreis.* Das dauert zirka 35 Minuten. Die aufgequollenen Körner sehen aus wie ein Haufen geplatzter Maden. Der fertige Reis wird mit *2 EL Sesamöl* beträufelt sowie mit *1 EL gerösteten schwarzen Sesamsamen* bestreut. In einer Pfanne erhitze ich *5 EL Sonnenblumenöl,* gebe die Tofuwürfel hinein und brate sie, bis sie rundum kross sind. Man mag vermuten, dass sie, da ich keine weiteren Gewürze zugebe, fade schmecken – stimmt aber nicht. Der Sesamduft des Reises sowie die Powerwürze des Chutneys machen die Befürchtung zunichte.

Zum fernöstlich inspirierten Veggiemittagsmahl gibt es Tee aus lebendiger Pfefferminze, wobei Carola den ihren mit einem Ingwertropfen parfümiert. Da wir heute auf Tierisches verzichten, gönnen wir uns eine tierisch gute Nachspeise:

Aprikosenkompott

Ich habe das Kompott im Juli des Vorjahres aus erntefrischen Gartenaprikosen hergestellt und nach Großmutters Art eingeweckt. Einwecken ist praktisch, wenn man Vorräte anlegen und nicht alles der Konservenindustrie überlassen will. In unserem Fall dient es auch dazu, den Aromen Zeit zu lassen, miteinander zu kommunizieren. So habe ich's gemacht und fünf Weckgläser mit Kompott befüllt: Der Topf erwartet *2 kg halbierte und entsteinte Aprikosen, 1 Glas Weißwein, 2 cl Marillenbrand,* das ausgekratzte Mark von *1 Vanilleschote, 1 Limette (gewaschen, in Scheiben geschnitten), 150 g Rohrohrzucker, 2 Sternanis, 1 Prise Salz.* Das Ganze kurz aufkochen, gut umrühren, entweder abkühlen lassen und sofort essen oder heiß einwecken. Ein Löffel *Schlagsahne* setzt dem Kompott die Krone auf. *Vanilleeis* ebenfalls. Das Gläschen *Marillenlikör*, das ich über die Krone gieße, dient selbstverständlich nur der farblichen Abstimmung des Kompotts.

Milder märkischer Maiwind, der über die Felder durch den Garten weht, schickt Vorboten des Sommers. Kirschen und Beeren erfahren einen Reifeschub. Unterirdisch stärken sich Erdäpfel und Erdbirnen. Rhabarber, Spargel und sonstiges Gemüs, das wir angebaut haben, färbt und reckt sich nach Kräften. Hortensien, Levkojen, vor allem Pfingstrosen platzen aus allen Nähten. Kräuter wuchern. Kastanien stecken Kerzen auf. Birkenmännchen protzen mit Blütenkätzchen, dass die Luft schnurrt.

„Uns ist ganz vegetarisch wohl, als wie fünfhundert Ziehiegen …“, singen wir.

Wir könnten die Welt umarmen! Doch hält uns diese bereits in ihren Klauen. Der Restwelt Kacke dampft. Davon erfahren wir sogar im Paradeiso. Wissen jedoch treibt uns vom Leben nicht ab, im Gegenteil. Unterm Sonnenstrahl der Erkenntnis kehrt auch unser Katertier in sein Kernrevier zurück. Er hat, wie er meint, etwas *Richtiges* zu Essen mitgebracht und legt es uns gönnerisch zu Füßen: 1 adulte Feldmaus (†), 1 minderjährigen Maulwurf (†), 1 durchbissenes Rotkehlchen (†). Schlachteplatte à la Adam. Wir Frauen schauen uns kurz an, nicken in strategischem Einvernehmen. Den Kater zwischen den Ohren kraulend, säuseln wir: „Ei, du Guter.“ Adam erstarrt. Normalerweise tituliere ich ihn als Fresssack, und niemals würde ich ihn wegen eines gekillten Rotkehlchens loben! Zu allem Überfluss ehre ich seinen Jagdfleiß. Carola schlägt sogar vor, Maulwurfkuchen zu backen.

„Wie jetzt?“, faucht Adam, „Ihr fürchtet euch nicht vor mir? Ihr findet mich nicht abartig? Ich bin ein Mörder! Ein Untier! Ein Fleischfresser vorm Herrn!“ Er peitscht mit dem Schwanz, stellt die Schnurrhaare nach vorn, zeigt Zähne und Krallen, und Carola sagt: „Geh wieder spielen, Süßer.“

Vierte katerphilosophische Absonderung

Wer will schon am Katzentisch sitzen?
(IKEA-Katalog, Frühjahr 2019)
kein niederes tier bin ICH biblischen ausmaßes
ICH erwähnet bei Jesaja 34-9-13 neben schakal
und hyäne unrein verboten zum verzehr und ihr sollt
nicht anrühren mein aas verstoßenes ICH unterdrückte
klasse der viertätzigen stoße den foltertisch um auf'm
buckel liegend schnurrt zukunft.

(Anmerkung: Es handelt sich um die erste Sententia meiner Dissertation mit dem Thema *Die Confutatio der Assertio der Absentia von Feles in der Biblia vulgata.* Doktormutter: Choraula Clarissimi)

Während unser Untier gekränkt seine wertlose Beute betrachtet, begeben wir uns zum Beet, in welchem Rettich, Runkel und Rote Rüben in voreiligem Begehren rufen: Zieht uns heraus! Zieht uns heraus!

Rote-Bete-Salat

Rote Bete zählt wie Sellerie, Kürbis und Rosenkohl zu den Schreckensgemüsen meiner Kindheit. Sie hieß bei uns auch nicht Bete, sondern treudeutsch Rote Rüben, was bei manchem Schalk politische Obszönität assoziierte. Rote Rüben galten, windelweich gekocht und süßsauer eingelegt, in Schulküchen und Kantinen als Kompottersatz. Mag sein, dass Erwachsene sie klaglos verzehrten; wir Kinder würgten sie nur runter, um farbig pullern zu können. Niemals herrschte in der ostdeutschen Kraut- und Rübenwirtschaft Mangel an Roten Rüben. Wäre Roter-Rüben-Notstand ausgerufen worden, hätten Brudervölker wie Polen oder die Sowjetunion umgehend für Nachschub gesorgt. Dort nämlich sind die Rüben Grundlage für Nationalspeisen wie Barszcz, Botwinka, Borschtsch. Der erste Borschtsch, den ich in Moskau aß, war die Erweckung meiner Leidenschaft für Rote Bete. Das deutsche Wort für Borschtsch lautet Beetenbartsch und stammt aus ostpreußischer Küche. Am liebsten würde ich deftigen Beetenbartsch kreieren, doch am Veggie-Day möchte ich nicht mit der entfleischten Variante dieser traumhaften Suppe aufwarten. Also zaubere ich einen Salat. Inzwischen weiß man, dass Gemüse nur soweit gegart werden soll, dass es noch Biss hat. Möhrenmatsche, labberiger Kohl oder zerkochte Rüben gehören der Vergangenheit an. Heute ist Rohkost angesagt.

Carola und ich haben *3 mittlere Rote Beten* aus der Gartenerde gezogen. Ich schneide Blätter und Stiele ab. (Diese werden später nach Spinatart weiter verwertet.) Es ist Unsinn, zu glauben, dass Rote-Bete-Saft Küchenutensilien oder Kleidung versaut. Wenn man nicht gerade in weißer Festtagsbluse Rote Rüben raffelt, lassen sich Spritzer leicht abwaschen. Und kein Mensch braucht in der Küche Gummihandschuhe! Ich schäle die Rübchen barfingrig, drehe die leuchtenden Kugeln vor meinen Augen. Was für eine Farbe! Betanin-Betenrot! Rubin und Purpur, dazwischen zinnobrische Ringe. Und welch Duft nach Erde mit einem Hauch Eisenoxid! Ich schneide die Kugeln in zwei Millimeter dünne Scheiben, gebe sie in eine Schüssel, füge hinzu: *1 TL eingeweichte Rosinen, ½ gewürfelten Apfel, 1 zerdrückte Knoblauchzehe, je 1 Msp Nelken- und Kümmelpulver, den Saft von ½ Zitrone, 1 EL geriebener Meerrettich, 1 TL Zucker, Salz.* Alles vorsichtig unterrühren, fertig ist der Salat! Das rote Wunder auf weißen Tellern serviert, beigelegt *gebuttertes Schwarzbrot* – ein Schneewittchentraum weicht dem Geht-gar-nicht-Gemüse aus versunkener Zeit.

Wir treiben den fleischlosen Spaß noch ein Stück weiter und lassen auch Alkohol außen vor, frei nach Goethes Motto: „Trunken müssen wir alle seyn! Jugend ist Trunkenheit *ohne* Wein." Am Nachmittag habe ich folgendes geistloses, dennoch bewusstseinserweiterndes Getränk vorbereitet:

Geistlose Maibowle

Bowle ist ein Getränk, das im „Napf" (engl. bowl) angerichtet wird. Zu DDR-Zeiten war das Napfgetränk groß in Mode. In bauchigen Bleikristallgefäßen wurden primaspritgetränkte Erdbeeren oder Dosenpfirsiche mit Weißwein und Sekt aufgefüllt. Die Bowle reichte einen Abend lang für eine zehnköpfige Runde, die nach jedem genossenen Glas heiterer wurde.

Euphorisch wurde in meiner wie auch in Carolas Familie zur Winterzeit Feuerzangenbowle über offener Flamme gebraut: ein verzuckerter warmer Rum-Rotweinpunsch, der, egal wie viel man davon pichelte, einen scheußlichen Kater nach sich zog. Der Ausdruck „einen Kater haben" oder „verkatert sein" geht auf das Wort Katarrh (Entzündung der Schleimhäute der Atemorgane) zurück, und „seinen Kater spazieren führen" steht für das Leiden, das der Rausch mit sich bringt. An besagter Punschsucht war die 1943 produzierte UFA-Filmkomödie *Die Feuerzangenbowle*, die (1964 in der DDR und 1969 in der BRD) mit 53 Prozent Einschaltquote die Fernsehwohnstuben eroberte und zum Klassiker avancierte, nicht unschuldig. Heinz Rühmann, der als Staatsschauspieler in der Zeit des Nationalsozialismus nicht zur Wehrmacht eingezogen, auf die „Gottbegnadeten-Liste" gesetzt und nach dem Krieg als „unbelastet" eingestuft wurde, spielte darin den als Oberprimaner verkleideten Lehrer Dr. Hans Pfeiffer. Der Film war kurz vor seiner Premiere aufgrund vermuteter „Autoritätsgefährdung" vom Reichserziehungsminister untersagt worden, doch die kameradschaftliche Nähe des lustigen Mimen Rühmann zu Joseph Goebbels kippte das Verbot. Ein Jahr vor Kriegsende kam der Film ins deutsche Kino, und wer noch etwas zu lachen hatte, tat es. „... ein wönziger Schlock!" wurde zum geflügelten Satz, der über alle heißen und kalten Kriege hinweg flog.

Damit der berüchtigte Katzenjammer – auch in moralischer Hinsicht – ausbleibt, genügt zum heutigen Maibowlenanlass eine Karaffe, welche ich bereits gestern mit *500 ml Apfelsaft,* dem *Saft von 2 Zitronen* sowie *Zitronenzesten* gefüllt habe. *10 Stängel Waldmeister* (am Montag gepflückt, damit sie angewelkt ihr süßwürziges Cumarinaroma entfalten) sowie *1 Stängel Zitronenmelisse* binde ich mit einem Faden zusammen und hänge das Aromasträußchen für 2 Stunden in den Saft. Kurz vorm Servieren wird die Karaffe mit *eiskaltem Mineralwasser* befüllt. Am Ende dürfen ein paar Blättchen *Zitronenmelisse, Erdbeer- und Stiefmütterchenblüten* obenauf segeln.

Carola und ich lassen den frisch aufgegossenen Mai kritiklos durch uns rinnen. Adam, der außer Wasser, Milch und Mäuseblut alles Trinkbare verabscheut, verzieht sich in die Scheune, wahrscheinlich um, wie er es gern in mürrischen Momenten pflegt, die Krallen an seinen abgelagerten Schieferplatten zu schärfen. Carola trinkt Maibowle, wiegt bedächtig den Kopf und urteilt: „Nicht schlecht, aber es schmeckt ein wenig zu regional."

„Ein Paradeiso kann nur regional sein."

„Regional ist im Prinzip immer gut, doch irgendwie macht es mich manchmal müde."

„Was schlägst du zur Ermunterung vor?", frage ich.

„Bowle afrikanisch!", jubelt Carola. „Das Rezept habe ich von einer Freundin, die jahrelang in Afrika gelebt hat. Also: man nehme *1 Flasche Schampus, 1 Flasche trockenen, guten Weißwein, 1 Flasche naturgezuckerten Ananassaft, 150 ml grünen Kiwi- oder Bananenlikör, 1 frische Mango, 1 frische Papaya, ½ frische Ananas, 4 Kiwis, 2 Karambola (Sternfrüchte) oder mehrere Physalis (Kapstachelbeeren), 5 Kumquats (Zwergorangen) (ersatzweise Mandarinen-/Orangensegmente), 6 kleine grüne Feigen, 2 Limetten oder 1 Zitrone*. Als Erstes werden die Früchte zerkleinert und ins Bowlegefäß gegeben. Zuvor sollte von der Zitrone/Orange etwas Schale geraspelt und auf die Früchte gekrümelt werden. Nun den Likör, Ananassaft, Wein hineingeben, zwei bis drei Stunden kalt stellen. Zum Servieren im Schampus aufbrausen lassen und mit einigen *Eisstücken* abkühlen, jedoch nicht zu viele, damit diese Gourmet-Bowle nicht verwässert."

„Steht auf der To-do-Liste", beschließe ich.

Nüchtern, doch beschwingt vom fleisch- und alkfreien Tag gehen wir gemeinsam ein Ringel. Ringelgehen nannte meine Familie den kurzen Gang ums Karree. Hell ist der Abend, ohne zu gleißen. Aus den Bäumen senden Fledermäuse Morsezeichen, die den Jagdbeginn ankündigen. Igel beniesen ihr Wohl, bevor sie sich in der Dämmerung über den Inhalt vom Katzenfressnapf hermachen. Herr Fuchs schnürt am Zaun entlang, mit listigem Blick zum Elsternest, das sich im Wipfel des Ahorns befindet. Wegwespen saugen eine Spinne aus, die gerade ihren Gatten verzehrt hat. Den Kaninchen sitzen Wiesel im Genick. Mücken schwirren und bedienen sich an unserem Blut. Der Frieden ist vielgestaltig, doch nicht vegetarisch. Als uns der Mond halb heimleuchtet, kehren wir um. Vorm Haus schwatzen wir noch ein wenig über Freundschaft, Arbeit, Humor – drei Gedankengesellinnen, die uns erwärmen. Denn es ist kühl geworden. Und irgendwer fehlt. Wir setzen uns nebeneinander auf die Gartenbank, legen eine Wolldecke über die Beine, sinnen dem Frieden nach. Da öffnet sich die Schuppentür, und er erscheint: Adam! Gedankenverloren, voller Reue und Bedürftigkeit. Ohne zu fragen macht er einen Satz auf unsere Kniedecke, streckt sich lang. Von vier Frauenhänden verwöhnt, gibt er sich mausesattem Glück anheim.

2

Donares

Donares. Donstag. Donnerstag. Nicht nur etymologisch lässt es dieser Tag krachen. Donnergott Donar beansprucht ihn seit Jahrtausenden für sich. Die Genesis nennt Mittwoch den Tag, an dem der große Alleskönner – in Vorbereitung auf den Donnerstag – am Himmelsgewölbe Sonne, Mond und Sterne installiert haben soll. Wolken, Wind, Gewitter inklusive. Bevor die Wissenschaft das Gewitter als luftelektrische Entladung identifizierte, hat das Grollen vom Himmel herab den Menschen stets Heidenangst eingeflößt. Das Donnerwetter war Gottes vermeintliche Strafmaßnahme gegen Unglaube und Sünden. Davon gab es bekanntlich reichlich. Meine Güte! Was haben unsere Vorfahren donnerstags nicht alles tun müssen! Vor allem *lassen*: Da durfte man keinen Hopfen anrühren, nur Erbsen essen, in Schweden stand Beischlaf unter Strafe, in der Schweiz musste man doppelte Fronarbeit leisten und der Schikanen mehr, die Herrschaften sowie Kirchenhäupter ersannen.

Wir, in unserer wohlgeschützten Hütte, mögen Gewitter. Es hat eine gewisse Dramatik, mischt die Farben, kühlt ab, reinigt die Luft. Adam, der seinen Heldenmut gern unter Beweis stellt, zwängt sich jedoch beim ersten Grummeln unter den Kleiderschrank. Dort verharrt er zitternd, von Staubmäusen umkichert. Erst nachdem die wilden Wettererscheinungen längst verklungen sind, wagt er sich wieder hervor. Dann trösten wir ihn, bürsten sein Fell und überreichen ihm als Tapferkeitsmedaille ein Rädchen Veri-Wurst. Zum Dank schimpft uns Adam *Gewitterziegen!* – was wir ihm nicht übelnehmen. Ziegen waren es nämlich, die Donar auf seinen Streit- und Streifzügen den Wagen zogen.

Damit sich der Donnerstag entsprechend spannend entwickelt, haben wir das erste Frühlingsgewitter des Jahres bestellt. Nach zehn Minuten Blitz und Draaschen ist es vorbei, und Adam kriecht aus seinem Versteck. Der Garten glänzt. Bienen beten brummend zur Sonne. Schmetterlinge entfalten sich, angezogen vom Duft frischer Butter, die in der Küche auf dem Tisch steht. Butterfly, denke ich, der Name passt wie Butter auf Bemme! Adam spiegelt sein Antlitz im überfließenden Wasser seines Saufnapfes. Heute läuft der Tag anders als gewohnt. Heute Abend erwarten wir Gäste! Das heißt: Mittags bleibt die Küche kalt, abends dampfen die Töpfe. Nicht, dass wir uns bis dahin nur Wasser und Brot gönnen. Während Carola ihre Welt- und Kulinarikbetrachtungen zur Vollendung treibt, will ich die fleißige Freundin mit einem leichten, doch nicht unaufwändigen Mittagssnack beglücken. Adam, weil ich ihm zeigen möchte, wie ernst wir seine Gesellschaft nehmen, raune ich im Vorfeld das Wort *Flusskrebs* ins Ohr. Im Nu fordert er dingliche Entsprechung. Doch muss ich den Kater zur Geduld ermahnen: Vor der Beschäftigung mit dem heimischen Schalentier soll er sich die Geschichte über eine exotische Frucht anhören:

Meine erste Avocado

Sie landete in der Futtertonne. Es muss kurz nach der Maueröffnung gewesen sein, als diese mir unbekannte Frucht in einem Westberliner Gemüseladen meiner Neugier zum Opfer fiel. Noch gab es kein Internet, wo ich Unbekanntes in eine Suchmaschine eingeben und sofort erfahren konnte, worum es sich handelt und wie damit umzugehen sei. Meyers Universallexikon von 1980 ließ mich ebenfalls im Stich: Das Wort Avocado kam nicht vor. Auch nicht Butterfrucht, Alligatorbirne, geschweige denn Hodenbaum (wie die Azteken den Avocadobaum nannten). Ich wusste nicht, dass Avocado als Liebesfeueranzünder tauglich sein soll, nichts von ihrer schier unübertrefflichen Vitamin- und Fettfülle und eben auch gar nichts von der Art ihrer Zubereitung. Immerhin vermutete ich richtig, dass die grobe grüne Haut nicht essbar ist. Ich schälte die Frucht, drehte das schmierige Innere in der Hand, roch daran, kostete – es schmeckte wie eine Mischung aus Margarine und Lanolin. Kurzerhand pulte ich den beeindruckenden Kern heraus, schnitt das Avocadofleisch in Stücke, gab diese in die Pfanne, woraufhin sie zu fettigem Brei verschmolzen. Salzen oder zuckern war nun die Frage. Ich neigte zu Letzterem. Der Brei wanderte, wie gesagt, unverzüglich in die Tonne.

Mein Misserfolg war natürlich Anlass, mich über die eigentliche Bestimmung der Avocado kundig zu machen. Heute zählt die Unvergleichliche zu meinen Lieblingsfrüchten. Ich weiß, dass man sie auch zu Süßspeisen verwenden kann, doch das mache ich nicht. Bei uns gibt es heute Mittag:

Guacamole mit …

Guacamole ist mexikanisch und bedeutet schlicht und einfach „Avocadocreme“. Ich nehme *2 mittelgroße Avocados.* Sie müssen reif, doch dürfen nicht matschig sein. Ich schneide sie quer durch, befreie sie von den Kernen, löse das reine hellgelbe Fleisch aus den Schalen, gebe es in eine Schüssel und zerdrücke es mit der Gabel. Das muss zügig geschehen, denn nacktes Avocadofleisch wird schnell braun und schreit nach *Limetten- oder Zitronensaft*, mit welchem ich es unverzüglich beträufele. Zur Creme kommen: *2 Prisen Salz, frischer Mühlenpfeffer, 1 Msp gemahlener Chili* (für die Harten: *frischer Chili), 1 TL Senf, 1 kleine gewürfelte Zwiebel, 2 zerdrückte Knoblauchzehen, 1 große gewürfelte Tomate, 2 EL gehacktes frisches Korianderkraut.* Gut durchmischen und bis zum Servieren mit Folie abdecken.

Man isst Guacamole mit Brot, Tortillachips, zu gebackenen Kartoffelspalten oder als Fleischbeilage. Ich veredele sie mit einem Cocktail aus

... Flusskrebsfleisch

Die köstlichen Panzertierchen waren in früheren Zeiten auf allen europäischen Küchentischen zu finden. Sie kamen massenhaft im Süßwasser vor, waren billig und nahrhaft. Bis Anfang des 20. Jahrhunderts gab es um Berlin herum sogenannte Krebsgärten, in denen die Edeltiere gezüchtet wurden. Je mehr Flüsse und Seen verdreckten, umso beleidigter zog sich der Flusskrebs zurück. Heute kann man ihn wieder mancherorts in freier Natur fangen, doch wird er auch in Teichen gezüchtet. Im Zweimädel-Paradeiso gibt es selbstverständlich einen Fischer, der mich mit *6 mittelgroßen Edelkrebsen* aus Aquazucht beglückt. Im Notfall kauft man im Supermarkt (chinesisches) Flusskrebsfleisch, aber eben nur im Notfall. Ich lege die frischen Krebse auf den Küchentisch, lasse sie von Carola und Adam ausgiebig bewundern. Solche Tiere soll man nicht einfach in den Topf werfen, ohne vorher ihrer Schönheit gewahr zu werden. Das sind wir ihnen schuldig. Nach der Show tauche ich die Krebse zwei Minuten gnadenlos in kochendes Wasser, worauf sie in Sekundenschnelle erröten. Ich fische sie heraus, lege sie auf ein Brett. Um das Fleisch aus der komplizierten Verpackung zu lösen, benötigt man zunächst die Finger. Das meiste Fleisch steckt im Krebsschwanz. Ich drücke das Schwanzsegment am Rumpf zusammen, bis es knackt, leicht links-rechts-drehen, den Schwanz aus dem Panzer ziehen, Innereienreste entfernen, die übrigen Schalenteile abpolken. Falls es das Tier hergibt, kann man seine Scheren mit einer Kuchengabel aufhebeln und das feine Scherenfleisch herausholen. Das Fleisch schneide ich nun in zirka 2 cm dicke Würfel und unternehme nicht mehr, als es mit *mildem Olivenöl, 1 EL Weißweinessig, Salz und Pfeffer* zu dressieren. Diese Leckerei wird auf der Guacamole angerichtet. Dazu gibt es Baguette sowie ein Glas *Tomatensaft.* Tomatensaft trinkt man üblicherweise im Flugzeug über den Wolken, doch an diesem Maitag wird er uns, versehen mit einem Spritzer *Tabasco, Pfeffer* und einem *Eiswürfel*, im blühenden Garten erfrischen.

Adam, welcher die Prozedur der Krebszubereitung interessiert verfolgt hat, wird freilich nur mit Karkassen abgespeist. Er schnuppert, leckt daran, und da Lecken nicht satt macht, verzieht er sich in die Scheune, um, wie er behauptet, sich sein Mittagessen selbst zu verdienen. Gutgläubig, wie wir sind, wünschen wir dem Kater gesegnete Mahlzeit und merken zu spät, dass von unsern sechs Krebsen einer fehlt.

Essen, was auf den Tisch kommt

Jährlich geben wir eine größere Gesellschaft: Dazu laden wir Freunde ein. Auch Adam gestehen wir einen Gast zu, obgleich dieser, wie wir aus Erfahrung wissen, sich nicht an die Regel halten wird. Diese nämlich lautet: Jeder Gast bringt *ein* Lebensmittel mit, nicht mehr, nicht weniger. Keiner weiß vom anderen, was das sein wird. Sämtliche Zutaten werden auf den Tisch gepackt, um, nach kollektivem Beratschlagen, ein Drei-Gang-Menü zu bereiten. Mit Ausnahme von Getränken, Fett, Zucker, Salz und Gewürzen, die in der Küche vorrätig sind, darf zusätzlich nichts anderes verwendet werden. Ebenso ist es den Köchen verboten, eine der mitgebrachten Zutaten zu verschmähen. Gegessen wird, was auf dem Tisch kommt!

Felina Freikatz von Solikante erscheint als Erste. Das Geschöpf vom Stamme der Ragdolls schlüpft nicht, wie gewöhnliche Katzen, durch Zaunlatten oder Büsche, sondern lässt sich von uns gnädig das Gartentor aufhalten. Mitgebracht hat Exzellenz nichts. Dafür hat sich Adam, um vor ihr zu glänzen, beim Putzen die Zunge wund geleckt. Überglücklich ist er, dass die Angebetete seinem Ruf gefolgt ist, doch nähert er sich ihr in äußerster Ehrfurcht. Schließlich zählt Adam zu den frei strolchenden Hauskatzen ohne Stamm- und Kratzbaum. Felina Freikatz von Solikante hingegen wartet mit ihrem kalifornisch-märkischoderländischen Adelsgeschlecht auf. Ginge es nach ihr, würde sie sich mit der Einladung eines Katers, der nicht mal die Hälfte ihres Körpergewichts, geschweige auch nur einen Bruchteil ihrer Eleganz auf die Waage bringt, nicht abgeben. Doch existiert in der Gegend weit und breit keine ebenbürtige Gesellschaft.

Die Edelmiez, ihre gesellige Eigenart pflegend, *muss* sich in die Niederung des Gewöhnlichen begeben, um überhaupt Bewunderung erfahren zu dürfen. Adam, dem die Schnurrhaare zittern, begrüßt Exzellenz mit einem nach Krebsfleisch duftenden Kuss. Dieser Blick aus ihren chinablauen Augen! Als sie ihm gar ihr langes, seidenweiches, milchschokoladenfarbenes Fell darbietet, ist es um Adam geschehen. Er wirft sich zu Boden, rollt sich im Giersch und lässt das aristokratische Wesen über sich hinwegsteigen. Es stiefelt durch den Garten direkt auf die Fressnäpfe zu.

Nach und nach treffen die anderen Gäste ein: die Unfallchirurgin, der Jungmime, der Tonsetzer, die Kanalarbeiterin, der Biobäckergeselle, der Informetriker, die Bildkünstlerin, der Dichterbiograf und, als Vertraute mit höherem Anspruch: die Pfarrerin. Alle reisen aus der Umgebung per Fuß oder Fahrrad an. Auch das gehört zum geschätzten Leben: die Nähe der Menschen, unter denen wir uns wohlfühlen, die ihre Wohnungen ihrerseits offenhalten. Es sind Wahlverwandte, denen wir mit unseren Leidenschaften, Gedanken und Herzlichkeiten verbunden sind. Die Leben und Freundschaft ernst meinen, sie gleichsam heiter nehmen, die sich selber kennen, verstehen, einander neidlos applaudieren und, wenn es sein muss, Fragezeichen setzen. Verlässlich sind sie, wach, neugierig, manchmal verzagt, manchmal verrückt; wackere Durchsteher, Natur- und Weltbetrachter, Lebenshandwerker, Seelenlehrer, Schaffenskollegen. Sie erscheinen in verschiedenen Altern und Allianzen, allein-, mit- oder nebeneinander lebend. Keiner der Gäste muss kochen können, doch essen und genießen, das sollten sie.

Weindramolett

Schaffensdurstig stehen wir um den Tisch herum. Selbst Adam sowie die Freikatz sind erschienen, um in verschiedenen Stimmlagen ihre Stimme abzugeben. Zunächst bemerkt Frau Pfarrerin bibelbeckmesserisch: „Sollte dieses Unternehmen an das christliche Abendmahl erinnern, wären Katzen leider fehl am Platz. Tiere waren nämlich nicht unter den Jüngern. Überhaupt muss erst mal geklärt werden, wer unseren Herrn Jesus darstellen soll."

Der Jungmime ist sofort zur Stelle, doch da springt Adam auf den Tisch. *Er* ist der Herr des Hauses, wer könnte das bezweifeln. Sogar Felina Freikatz von Solikante erkennt plötzlich Höheres in dem, der sie anbetet. Wir Gastgeberinnen wissen: Der Kater erwärmt sich einzig und allein für die Ziegenkäserollen, die er erspäht hat. Futter, das man erst durchdenken oder deuten muss, ist ihm schnurregal. Kurzerhand scheuche ich ihn vom Tisch und besetze den Jungmimen mit der Rolle Jesu. Carola schlägt vor, das Abendmahl frei nach Lust und Laune zu zelebrieren, worauf alle Gäste zustimmen. Der Dichterbiograf, die historische Urszene im Gedächtnis, hebt an mit den Worten: „Darauf wollen wir von der Frucht des Weinstockes trinken."

Schon kreisen Rotweinkelche um den Tisch.

„So einfach geht's nun auch wieder nicht", fährt die Verwalterin der Sakramente dazwischen. „Der Wein im Abendmahl bedeutet: Gott ist uns nahe. Ich fürchte allerdings, am nächsten seid ihr euch selber. So tief, wie ihr ins Glas guckt!"

Dichterbiograf: „Auch Jesus soll mitunter mehrere Schoppen, ich meine Kelche, hintereinander getrunken haben."

Pfarrerin: „Das behaupten seine Gegner. Im Wein spüren wir Jesus' Nähe, mehr nicht."

Informetriker: „Nähe ist Vermessenssache. Wein, als Extrakt aus semantischen Netzwerken önologischer Publikationen herausgelöst, analysiert im Hinblick auf geometrische Strukturen, Proportionen und Anzahl von Frucht-, Gemüse- und Gewürzanalogien …"

Ich: „Es gibt Theologen, die behaupten, die verbotene Frucht am Baum der Erkenntnis sei eine Weintraube gewesen."

Adam: „Quatsch! Das war ein Apfel. Und zwar: ein Adamsapfel!"

Pfarrerin: „Gott, gib mir Kraft und Geduld und bitte noch ein Gläschen Roten."

Jungmime: „Jetzt bilden wir mal einen Chor!"

Tonsetzer: „Allegro! Fortissimo!"

Kanalarbeiterin: „???"

Carola: „In vino veritas!"

Kanalarbeiterin: „???"

Dichterbiograf: „Nach dem Wein folgt die wahre Rede."

Tonsetzer: „Und der Gesang. Inizia a cantare!"

Bildkünstlerin: „Immer schön farbig, Leute! Giotto! Leonardo! Caravaggio! Lasst das Licht gegen den Schatten los!"

Jungmime: Und bitte!

Chor: „Dieser Wein ist reich und tief / langer Abgang, aggressiv / adstringierend und balsamisch / bissig, bitter, müde, nervig / krautig, fuchsig, fein geraten / Duft nach Pfirsich, schmeckt nach Braten / und sein Schwanz riecht nach Geranien / dünn und duftig und diffus / Grapefruit Gummi Zedernuss!"

Adam: „Ich verstehe die Sprache der Menschen nicht mehr!"

Felina Freikatz von Solikante: „Und unsere Künste bezeichnen sie als Katzenmusik. Ich verstehe nicht, warum ich mir das hier antue. In meinen Kreisen pflegt man nur die ältesten und edelsten Getränke zu sich zu nehmen: Wasser und Muttermilch."

Dichterbiograf: „Wein zählt zu den ältesten Getränken der Menschheit. Schon Luther wusste: Bier ist Menschenwerk, aber der Wein ist von Gott."

Kanalarbeiterin: „Ein Tiefenreinigungsmittel für verstopfte Hirnkanäle."

Carola: „Symbol der Lebensfreude."

Ich: „Singt und trinkt!"

Adam: „Bis ihr alle einen sitzen habt, miau-au-au!"

Biobäckergeselle: „Nun mal langsam, Leute! Was ist denn Wein ohne Brot?"

Unfallchirurgin: „Ungesund! Vorhut des Abusus alcoholicus, der wiederum ist Ursache für metaphysäre Frakturen, Schädelhirntraumata und dicerere Krepitation."

Bildkünstlerin: „Oh ha!"

Pfarrerin: „Wein ohne Brot ist wie Blut ohne Leib. Ich nehme an, ich muss Euch die Wandlung nicht näher erklären."

Carola, *in die Runde zeigend*: „Man sieht sie."

Tonsetzer, *gegen den Kelch klopfend*: „Man hört sie!"

Dichterbiograf: „Sie erklärt sich aus der Metapher selbst."

Kanalarbeiterin: „Ich kann auch verwandeln, nämlich: Scheiße in Gold."

Felina Freikatz von Solikante: „Impertinent!"

Adam: „Bravo!"

Pfarrerin: „Ogottogott!"

Biobäckergeselle: „Gibt's keinen Zwischensnack? Mein köstliches, selbstgebackenes Brot zum Beispiel."

Pfarrerin: „Haaach, der Leib Jesu Christi …"

Kanalarbeiterin: „Wir spülen ihn runter! Auf drei – !"

Adam und Felina: „Kannibalen!"

Carola *zu den Katzen:* „Karnivoren!"

Jungmime: „Aus! Vorhang! Applaus!"

Gelächter. Wir verbeugen uns vor uns selbst. Frau Pfarrerin, nicht wirklich mit Humor gesegnet, murmelt etwas von Blasphemie, lässt sich jedoch von der Fröhlichkeit der Gesellschaft anstecken. Der Mond überm Haus zieht seine Blende auf. Kamera läuft! Die eigentliche Arbeit beginnt.

Das Abendmahl

Ausreichend für 11 Personen und 2 Katzen:

Folgende Zufallszutaten liegen erwartungsvoll auf blankem Holztisch: *1 dickes Dinkelweißbrot, 5 mittlere Süßkartoffeln, 1 Schüssel gekochte Kichererbsen, 2 Dosen gehackte*

Tomaten, 3 Zwiebeln, 500 g frischer Spinat, 1 Ingwerknolle, 300 g gehobelte Mandeln, 200 g Kastanienhonig, 500 ml Kokosmilch, 3 Rollen Ziegenkäse.

Was wollen und können wir kochen? Der Informetriker, sämtliche Zutaten sichtend, ordnet sie nach dem Prinzip ihrer Anzahl und Größe. Carola, unterstützt vom Dichterbiografen, referiert über Geschmack an und für sich. Die Kanalarbeiterin zeigt Wege zur Freilegung unser aller Fantasie auf. Der Tonsetzer komponiert eine dreiteilige Symphonie der Speisenfolge. Ich schreibe den Text. Hie und da zeigt der Jungmime Improvisationstalent. Die Bildkünstlerin zückt Bleistift und Skizzenblock. Die Unfallchirurgin entwirft einen Notfallrettungsplan. Frau Pfarrerin bekreuzigt sich, und der Biobäckergeselle greift schon mal nach dem Brot.

Erster Gang: Ummandelter Ziegenkäse
Die von mir eigenhändig aus dem Beet gezupften maizarten *Spinatblätter* kurz in Wasser tauchen, damit es später

nicht zwischen den Zähnen knirscht. Wir drapieren sie als grüne Matte auf 10 Tellerlein, träufeln *Olivenöl* darüber, *salzen*, *pfeffern*. Die *Ziegenkäserollen* jeweils vierteilen, wobei 2 Scheiben für Adam und Felina Freikatz von Solikante beiseitegelegt werden. Nun werden die Käserädchen in die gehobelten *Mandeln* gestippt, paniert und mit wenig *Butter*, der ein paar Zweige *frischer Thymian* zugesellt werden, rundum gebraten, bis sie fast zerlaufen. Auf jede Spinatmatte 2 Medaillons legen, mit je *1 EL Kastanienhonig* versüßen und sofort drüber hermachen!

Das vom Biobäckergesellen kreierte Dinkelbrot wird vom Jungmimen mit großer Geste gebrochen. Frau Pfarrerin gibt die Souffleuse: „Nehmt, esst, dieses Brot ist mein Fleisch."

Wir greifen zu. Nur Adam findet das nicht witzig.

„Seit wann ist Brot Fleisch?", will er wissen.

„Ungebildeter Lümmel!", stöhnt die Freikatz.

Um Adam ihr Anderssein zu beweisen, nimmt sie vor seinen Augen tatsächlich ein Bröckchen Brot zu sich.

Als Aperitif zur Vorspeise passt *Wermut.* Schon Hildegard von Bingen schätzte das Kraut, alkoholisch veredelt, als Medizin. Wir vertrauen dem Wissen der Meisterin. Sowohl Carola und mich als auch andere unserer Tischgesellschaft ereilt ein Nostalgieanfall, denken wir an wehselige Wermutabende zu Ostzeiten, in denen wir uns mit „Gotano rot/weiß bitter" aus zuckergeränderten Gläsern über jedwede Bitternis getröstet haben. Mit Eis oder ohne. Ach, wie schön war der Kater danach! Heute ist Adam der einzige Kater, der uns in Besitz nehmen darf. Darauf stoßen wir an, denn es gibt ihn noch, den guten „Gotano aus Gotha"!

Zweiter Gang: Kokos-Kichererbsen-Topf
Im Suppentopf braten wir in *100 ml Olivenöl* die geschälten und gewürfelten *Zwiebeln* glasig. *3 Süßkartoffeln*, ebenfalls geschält und gewürfelt, werden zusammen mit *200 ml Wasser*, den *Kichererbsen*, *Dosentomaten*, *fein geriebenem Ingwer*, *300 ml Kokosmilch*, *2 EL scharfem Currypulver* sowie *1 TL Kreuzkümmel* dazugegeben und ca. 20 Minuten durchgekocht. Dabei mehrmals umrühren, mit Salz abschmecken. Bei uns duftet es wie in einer exotischen Garküche, in der die sinnenreizendsten Ingredienzien zusammengebraut werden.

Dritter Gang: Bataten-Glitscher
In der restlichen *Kokosmilch* erhitze ich die restlichen *Mandeln* und zerkleinere sie mit dem Mixstab bis zur Unkenntlichkeit. Die Soße abkühlen lassen. Jetzt geht's an den Glitscher. So nennt man in meiner Herkunftsgegend Kartoffelpuffer. Ich weiß nicht, ob jemals ein sächsischer Glitscherfan Süßkartoffeln für dieses Gericht benutzen würde, wir sind in der Pflicht! Man könnte sagen: Not gebiert Tugend, doch auf die Süßkartoffel, auch Batate genannt, singen wir ein Hohelied. Die exotische Schwester unseres Erdapfels verfeinert seit Jahren die europäische Kohlenhydratküche, und das zu Recht. Gebacken, frittiert, zermust und verchipst versüßt sie das Kartoffeleinerlei. Los geht's: *2 Süßkartoffeln* werden geschält, fein gerieben, das ausgetretene Wasser weg-, *3 EL Kastanienhonig* hinzugegossen. *1 Prise Salz*, *3 EL Butter* in einer Pfanne auslassen, die Honigbatatenmasse darauf glattstreichen und kross braten. Wären Mehl und Eier auf den Tisch gekommen, hätte ich die Masse damit gebunden. Da es nicht an dem ist, lässt sich der haltlose Glit-

scher nicht im Ganzen wenden, sondern zerfällt. Er ähnelt eher einem Schmarrn, doch das macht nichts. Jeder von uns bekommt ein paar Bröckchen auf einen Teller. Zum Glücklichsein: *Zimtzucker* darüber. Zum experimentellen Dessert wird die *Mandelkokosmilch* serviert, in welche man die Glitscherbröckchen stippen oder die man, wie Likör, genüsslich schlotzen kann.

Jede Speise schmeckt vorzüglich, weil alles anders schmeckt als gewohnt. Weil wir Neuerungen gemeinsam ausprobieren. Gut ist, etwas aus dem zu machen, das gerade zur Hand ist: heiteres Überlebensspiel mit dem Zufall, der Fantasie freisetzt, verbohrtes Denken oder durch Gewohnheit gequetschte Erwartungen lockert. Über die Tafel springen Gespräche, Gelächter, heitere Diskussionen. Man trinkt, singt, versteht die Töne der anderen. Man kabbelt und rappelt sich. Es herrscht weder Ränke- noch Rülpsstimmung. Kein Floskelgeklimper langweilt, kein verdruckstes Schweigen. Die Teller sind fast leer geputzt. Nur die Pfarrerin hat sich ein wenig zu viel des roten Rebensaftes verabreicht. Ihre Bedenken, eine falsche Dramaturgie des Abendmahles betreffend, lösen sich. Sie kichert überm Kichererbsentopf, umarmt den Jungmimen, lässt sich wiederum von ihm herzen und spricht dennoch evangelientreu den Satz: „Gott hat uns nicht gegeben den Geist der Furcht, sondern der Kraft und Liebe."

Wir haben nie daran gezweifelt.

Felina Freikatz von Solikante ist der letzte Gast. Sie hat von allem gefressen, was auf den Tisch gekommen ist. Sogar vom Bataten-Glitscher. Dabei haben wir für unsere Karnivoren extra dreierlei Fleisch zu festtäglichem Ragout verarbeitet. Das sollte genügen, tut es aber nicht. Jedenfalls nicht der Edelfellmadame. Sie schilt Adam gewöhnlich und macht sich, als sie die Küche menschenleer vorfindet, über das Gemüse her, als sei es Tatar. Adam betrachtet Felinas Völlerei mit einer Mischung aus Bewunderung und Abscheu. Er schämt sich, muckt auf, indem er die Begehrte kritisch anfunkelt, schämt sich abermals.

Als gegen Mitternacht die Gäste satt und beschwingt auf ihre Fahrräder steigen, bleibt Felina vor der Küchentür liegen. Ein stolzes Fellbündel, dem das Mondlicht silberne Reflexe aufmalt. Adam beschnuppert es noch einmal, bevor er sich, krank vor Ignoranz, in die Scheune trollt. Ich bitte Exzellenz, nun ebenfalls den Heimweg anzutreten. Sie weigert sich. Man will getragen werden.

Ich: „Ihr wiegt einen halben Zentner!"

Felina empört: „Unsereiner hat nun mal ein starkes Gewicht!"

Da die Freikatz durch nichts aus dem Paradeiso zu vertreiben ist und wir fürchten, mit ihrer Besitzerin Ärger zu kriegen, entschließe ich mich, sie wenigstens bis zur Straße zu bugsieren. Dort werden ihr Fuchs, Wolf und Uhu schon Beine machen, hoffe ich. Carola und ich heben sie gemeinsam hoch. Wie es der Rasse Ragdoll entspricht, lässt Felina, sobald sie den Boden unter den Füßen verloren hat, ihr Fell schlaff hängen. Wie Fädenfetzen einer Lumpenpuppe.

Wir müssen lachen, rufen Adam herbei, um ihn mit dem schäbigen Anblick seines unerreichbaren Ideals zu trösten. Er wirft einen Blick darauf, grinst in seinen Bart und überreicht Felina Freikatz von Solikante zum Abschied eine eigenmäulig gekillte Scheunenratte.

„Falls Ihr nicht satt geworden seid", säuselt er und empfiehlt sich.

Nachdem sich unsere Gäste satt und fröhlich durch die Mitternacht auf den Heimweg begeben haben, machen wir uns in der Küche über die Reste her. Viel ist nicht übrig geblieben, doch die paar Brotbrocken bekommen uns, in Honig gestippt, vorzüglich. Carola rundet das heilig durchtriebene Mahl mit einem literaturhistorischen Betthupferl ab:

Makulaturblatt VII

Nichts umkommen zu lassen ist von jeher der Grundsatz der sparsamen Hausfrau gewesen.

Luise Holle & Henriette Davidis: *Praktisches Kochbuch* (1904)

Das Wort Rest ist etymologisch höchst interessant. Basierend auf dem im Kaufmännischen gebräuchlichen *resto* (ital.), bezeichnet es ursprünglich einen übrig gebliebenen Geldbetrag. Demgegenüber steht bald schon die

Wendung *jemandem den Rest geben*. Vermutlich war damit gemeint, jemandem den Rest aus der Flasche geben, ihn völlig betrunken und damit fertigzumachen. Während sich aus dem Plural *Reste* – als Überbleibsel von Textilwaren – Ende des 19. Jahrhunderts das Adjektiv *restlos* also *ohne Rest* und *vollkommen* entwickelte. Glück und Unglück liegen in diesen vier Buchstaben also eng beieinander.

Zeitgleich wird im *Praktischen Kochbuch* der „Verwendung von Resten" besondere Aufmerksamkeit geschenkt, was sicher nicht nur im Sinne der stets „sparsamen Hausfrau" war. Zu lesen ist: „[...] auch wenn wir von der Unfeinheit des ‚Zuteilens' absehen, lässt das zusammengesetztere Leben der Menschen selten eine genaue Schätzung des Appetits oder besser des Bedarfes zu", außerdem führe die „Zubereitung der größeren Braten zu besseren Ergebnissen". Dass dem zutiefst deutschen Grundsatz, besser alles aufzuessen, damit gute Stimmung im Hause herrscht (sprich: „gutes Wetter"), nicht immer entsprochen werden kann und auch nicht sollte, ist längst kein Geheimnis mehr. Eine Wahl beim Essen zu haben, ist noch nicht lange und auch heute für viele keine Selbstverständlichkeit.

In meiner Kindheit gab es dafür einen Trick, da sich die Gelüste auf Kulinarisches mitunter auf die Zeit nach der eigentlichen Mahlzeit orientierten. Der Sonntagsbraten mit Klößen war in Echtzeit kein Highlight. Was danach kam, schon. Blieben Klöße übrig, wurden diese am nächsten Tag, in Scheiben geschnitten, kurz in Butter gebraten und schließlich mit Zucker bestreut, zum absoluten Festschmaus. Ein ähnliches Resteessen ergaben Nudeln vom Vortag oder Brot, das, etwas altbacken, in einer Eipanade gewälzt, Genuss pur bedeuteten.

Ein Resteessen besonderer Güte wie Tradition begegnete mir in Schweden, wo sich unter der Bezeichnung „pytt i panna“ aus ähnlichen Beweggründen eine ziemlich andere Speise verbirgt und so viel wie „Kleinigkeiten in der Pfanne“ bedeutet. Anzutreffen ist diese Art der Resteverwertung in allen Ländern des Nordens: „pyttipannu“ in Finnland, „pytt i panne“ in Norwegen und sprachlich etwas verändert als „biksemad“ (Labskaus) in Dänemark. Die Legende besagt, dass es von den Seefahrern kommt, die stets Pökelfleisch vorrätig hatten. Wobei *ein* Originalrezept nicht existiert, dafür die unzähligen Möglichkeiten den eigentlichen Reiz ausmachen. In einer Zeit entstanden, wo manche Lebensmittel rar waren, gab es Kartoffeln wie auch Zwiebeln sowie lang haltbares, gepökeltes Fleisch und etwas Speck in jeder Speisekammer. Alles wurde sehr klein geschnitten und in einer Pfanne gebraten. Gekrönt wird diese Köstlichkeit bis auf den heutigen Tag gern mit einem Spiegelei oder mit rohem Eigelb, wie es in deutschen Landen bei der Zubereitung von Tatar üblich ist.

dim.
9

Frîatac

Frîatac. Freitag. *Dies Veneris,* Tag der Liebesgöttin Venus, die die Germanen mit Frija verglichen haben. Freitag also, Tag der Liebe und Ehe, der einen Arbeits-Frei-Tag nur assoziiert, nicht begründet. Freitags hat sich Gott an Landtieren und Menschen abgearbeitet. Noch in meiner Kindheit war der Freitag bis nachmittags mit Schulunterricht ausgefüllt. Meine Klassenlehrerin hieß Frau Freitag! Sonnabends wurde bis Mittag gearbeitet, erst danach war für DDR-Bürger wirklich Schicht im Schacht. Heute ist Freitag der neue Samstag. Die meisten Werk- und Bürotätigen lassen Freitagmittag den Hammer fallen bzw. nehmen ihre Computer vom Saft. Die Vorfreude auf ein arbeitsfreies Wochenende hat sich verkürzt, vorausgesetzt, es gilt noch die Sieben-Tage-Woche. Arbeit hat sich durch Globalisierung, Digitalisierung und Hybridkapitalismus gewandelt, sodass inzwischen viele uns vertraute Grenzen im Zeitstrom auseinandergeflossen sind. Reste vom klassischen Freitagsglauben (Freitagsopfer) wollen wir bewahren, indem wir den Tag der Liebe zum Fischtag küren. Adam, bestens mit Ritualen, die ihm Vorteile bringen, vertraut, begrüßt unseren Vorsatz mit tagaufreißendem Gähnen.

Scomber, der Volksfisch

Ostdeutsche Fischliebhaber kannten Hering (außer echtem Matjes), Barsch, Dorsch, Kabeljau, Sprotten, Hecht, Heilbutt (geräuchert), Plötze, Blei, Schleie, Karpfen, Forelle, Flunder sowie Makrele. Letztere bekam den Ehrentitel

„Volksfisch der DDR" verliehen, denn ab 1972 mussten aufgrund veränderter Fischereiabkommen für Fisch Devisen gezahlt werden. Das hieß: Das Fischangebot in den Läden reduzierte bzw. spezialisierte sich zeitweise. Mal waren die Kühlhäuser voller Barsche, mal gab es Unmassen russischer Strömlinge und eben lange Zeit im Überfluss Makrelen in allen Varianten. Nachdem 1990 die marode DDR-Hochseefischereiflotte von der marktwirtschaftlichen West-Flotte versenkt wurde, stellte das Saßnitzer Fischkombinat unbeeindruckt die Makrelen-Gemüse-Konserve „Scomber-Mix" her. Ein Kult bis heute!

In guten Jahren hatte die DDR sogar einen Fernsehkoch: Rudolf Kroboth, der mit den *Tips des Fischkochs* den DDR-Bürgern Überproduktionen bzw. Ladenhüter schmackhaft machen sollte. Der Plan ging auf: Der Mann inszenierte TV-Schaukochen, das Millionen Zuschauer begeisterte, und rief 1966 eine HO-Restaurantkette ins Leben, die den schönen Namen „Gastmahl des Meeres" trug. Zu Beginn der Makrelenautokratie musste Kroboth den Kochlöffel abgeben.

Meine Familie zählte zu den obsessiven Fischessern. In Zeitungspapier gewickelte Räuchersprotten, russische Ölsardinen, Dorschleber, Brathecht oder Karpfen blau – Fisch gab es bei uns in allen erhältlichen Varianten bestimmt zweimal die Woche. Mit der Mauer öffnete sich für DDR-Fischfreaks die große Meereswelt. Außer Dosenkrabben und Muscheln (Bulgarienurlaub!) waren Meeresfrüchte oder Seafood unbekannt. Und was wussten wir schon von Mittelmeer- oder Atlantikfischen, von Thun oder Sushi?

Wie auch immer: Unser Fischfreitag wird sich mit einem der köstlichsten Vertreter der Meeresbewohner befassen: dem Wolfsbarsch. Womöglich hat er seinen Namen daher, weil er als flinker Beutefresser gilt, doch Küchenprosa ist mitunter rätselhaft, denn sie bezeichnet den Wolfsbarsch ebenfalls als Loup de mer, was allerdings Seewolf bedeutet. Der echte Seewolf jedoch ist ein bissiger, grimmig glotzender Meeresmoloch aus der Familie der Aalmütter, wird wiederum Steinbeißer genannt, der in Wirklichkeit ein Fisch aus der Sippschaft der Barsche ist. Man muss den Namenswirrwarr nicht verstehen, um den leckeren Stachelflosser zuzubereiten.

Unser Herr im Haus produziert sich heute als Bibelkenner. Er besteht darauf, seinen zwei Menschenweibern (die ihn füttern und lieben!) überlegen und damit weisungsberechtigt zu sein.

„Zwar bin ich", doziert Adam, Schwanz und Schnurrhaare aufgestellt, „wie *ihr* an Gottes letztem Arbeitstag geschaffen, doch mich hat er in der Frühschicht vollendet. Da war er noch munter und einigermaßen gut drauf. Bei euch war Gott schon abgeschlafft und dachte mehr ans Feierabendbier als an seinen Bauplan. Und was kam raus? Halbfabrikate, Minderwertiges, Pfusch! Na klar. Was ich damit sagen will? Ihr sollt nicht vom Fressen reden, sondern mir welches geben."

„Ich frage mich, wieso Gott, bevor er unsere Wenigkeit kreierte, Klugscheißer wie diesen Kater geschaffen hat", stöhnt Carola.

Adam: „Das habe ich gehört!" Er kneift die Augen zu. Brandhelle Pupillen, schmal, scharf wie die Schneide eines japanischen Küchenmessers. Fisch! Und zwar pronto!, sagen die Pupillen, und wir: „Zisch ab!"

Adam macht einen Buckel, wie wir es noch nie gesehen haben. Das Fell sträubt sich. Er wittert, zittert und faucht: „Fischsch!!"

Dann reißt er das Maul auf und dreht sich im Kreis, als sei er schwer verletzt. Das tut mir nun doch leid, und ich verspreche Adam, dass er am Abend eine ungeheure Sättigung erfahren würde. Er glaubt es nicht. Drei Katzentonleitern singt er rückwärts, flankiert von einer erbärmlichen Greinarie. Schließlich greift Carola auf ein bewährtes Hausmittel zurück, indem sie dem Kater einen Zweig Katzenminze vor die Nase hält. Augenblicklich fällt der Adamsbuckel in sich zusammen. Der Kater rollt sich auf dem Boden, schnurrt, schnappt nach der Pflanze und lässt uns, kätzisch bekifft, bis zum Mittagessen in Ruhe. Makrele wird es keine geben, sondern:

Wolfsbarsch mit …

Auf einer Servierplatte liegen *3 Wolfsbarsche.* Wir kaufen sie entweder in der Stadt beim Mittelmeerfood-Spezialisten oder aus heimischer Aquazucht. Die Fische sind nicht ganz billig, dafür schön. In ungebändigter Natur können Wolfsbarsche bis zu 12 Kilo auf die Waage bringen, mundgerechter erhält man sie im Handel zwischen 600 und 800 Gramm. Bevor die silbergrau glänzenden Geschöpfe ihre Schmackhaftigkeit entfalten dürfen, wehren sie sich gebührlich. Man muss sie nämlich (wenn es nicht der Fischhändler getan hat) zuallererst ihrer Schuppen entledigen.

Da mir von Kindheit an dieses Handwerk vertraut ist, fällt es mir leicht, mit einem kleinen Messer die unzähligen gezähnten Plättchen von der Fischhaut zu entfernen. Das spritzt und blitzt wie nicht gescheit, die winzigen Silberlinge schwirren durch die Küche, setzen sich, gegen jede Absicherung, auf Schränke, in Dielenritzen und Haare. Da Adam Fischschuppen als Nahrung verschmäht, finden wir sie, getrocknet, noch nach Monaten in unserem Haus. Die schutzlosen Tiere werden nun nach allen Regeln der Kunst ausgenommen. Diesen Vorgang findet der Leser anschaulich im Mānetag-Kapitel beschrieben. Die ausgenommenen sowie gewaschenen Fische werden mit dem *Saft von 1 Zitrone* gesäuert, danach *gesalzen.* Gartenfee Carola hat die Aufgabe, die präparierten Wölfchen zu schmücken: In die aufgeschlitzten Bäuche steckt sie je *1 Stängel Petersilie, 1 Stängel Dill, 1 Blatt Salbei und frischen Thymian.* Die Fische werden kurz durch *Mehl* gezogen und in einer Pfanne in *5 EL Olivenöl* rundum gebraten. Das geschieht bei mittlerer Flamme und darf nur so lange dauern, bis das Fischeiweiß stockt, etwa 10 Minuten. Am besten lässt man nach 8 Minuten den Fisch in der Pfanne mit geschlossenem Deckel ziehen, damit er gar, aber nicht trocken wird. Während der Ziehzeit brate ich *1 Handvoll Salbei* in *3 EL Butter* knusprig und *salze* sie. Königlich mit Salbei drapiert und kräuterdurchtränkt, werden die Fische auf vorgewärmte Teller gelegt und harren auf ihre Begleitung aus dem Reich des Gemüses:

... Schmorgurken

Die Gurken müssen fertig sein, bevor der Wolfsbarsch aus der Pfanne auf den Teller springt. *1 große Schmorgurke* schälen, hälfteln, entkernen und in 1,5 cm dicke Scheiben schneiden. In einer Deckelpfanne *3 EL Butterschmalz* zum Zerfließen bringen, *1 gewürfelte Zwiebel, 3 gehackte Knoblauchzehen* sowie die Gurkenhalbmonde hineinlegen, *salzen* und so lange braten, bis sie Farbe angenommen haben. *1 Glas trockener Muskateller* gibt den Grundstock für die Soße, dazu kommen: *1 EL Zucker, 1 kleine rote Peperoni, 3 EL mittelscharfer Senf, 1 Handvoll gehackter Dill.* Vielleicht muss man das Gemüse mit Wasser etwas strecken, doch es sollte nicht über den Teller schwappen, und auch den Wolfsbarsch nicht übermäßig belästigen.

Wer mag, kann zu diesem Gericht *Kartoffeln* servieren. Muss nicht sein, sagen wir. Der Muskatellerwein, den die Gurken bereits genießen durften, wird unser Essensbegleiter.

Adam, noch immer von Katzenminze berauscht, wird nun von uns herbeigerufen. Der Duft von Fischgräten und gebratenen Flossen ist stärker als jede Pflanzendroge. Der Kater stürzt sich auf die Reste des Wolfsbarschmahles, lässt es zwischen den Zähnen knacken, doch würdigt uns keines Blickes. Dass er seine Rechte ständig einfordern muss, dass er sie nicht einfach selbstverständlich wahrnehmen kann, verdrießt Adam. Jedoch nur so lange, bis keine einzige Knusperflosse mehr in seinen Magen passt.

Katzenjammer

Vor der Mittagsruhe, die wir lesend oder dösend verbringen, kündigt die Kuchenmeisterin das Nachmittagsprogramm an: „Wir haben einen Kalten Hund im Keller."

Wau!, denke ich, dämmere weg, träume von früher, wo es auf jedem Kindergeburtstag den berühmten Kekskuchen gab. Ich mochte ihn nie besonders, weil er mir zu süß und zu kompakt war. Außerdem war mir der Name unheimlich: Kalter Hund? Das klang nach *totem* Hund. Da ich jedoch weiß, dass Carolas Backkünste jedes noch so eingefleischte Vorurteil widerlegen, freue ich mich aufs Hunde-Futter.

Ein paar Wolken schieben sich vor die Sonne. Frischer Wind bewegt die Häupter der Obstbäume. Was für ein Mai! Doch nun geschieht dies: Adam, obgleich er sich am Mittagstisch mit Fischresten eine Plauze angefressen hat, streift missmutig umher und markiert seelische Leiden. Wir wissen nur nicht gleich, welcher Art sie sind.

„In seinem Hals steckt bestimmt eine Gräte“, vermutet Carola und seufzt: „Armer Kater!“

„Das Tier muss sich mehr bewegen“, schlage ich, die gelernte Krankenschwester, vor.

„Er ist einfach nur traurig“, meint Carola.

Adam aufbrausend: „Natürlich bin ich traurig!“

Carola, die ihn streicheln will, empfängt einen Tatzenschlag, und der Kater faucht: „*Du* bist Schuld.“

Carola ist fassungslos. Wie ich liebt sie den einzigen Kerl im Haus und könnte ihm niemals etwas zuleide tun. Doch Adam, mit untadeligem Ego ausgestattet, schießt seine Anklage heraus: „Immer die anderen!“

„Was soll das nun wieder heißen?“

Mit gesträubtem Fell baut sich Adam vor uns auf und singt die Katzentonleiter hoch und runter: „Falscher Hase! Halber Hahn! Hot Dogs! Rollmops! Saure Würmer! Leipziger Lerchen! Spanische Fliegen! Käsespatzen! Kalbsvögerl! Maulwurfkuchen! Bärentatzen! Mäusespeck! Schweineohren! Streuselschnecken! Mettigel! Gummischlangen! Kalte Ente! Und nun direkt vor meiner Nase: Kalter Hund! – Warum gibt’s keine einzige Leckerei, die nach uns Katzen benannt ist? Mit Verlaub, ich fühle mich diskriminiert, ausgegrenzt, in meiner Minderheit missverstanden!“

Sofort springen wir von unseren Hindämmerungsstühlen. Wir, die wir stets und überall für Gerechtigkeit eintreten, die wir Gleichberechtigung fordern und leben, können das nicht auf uns sitzen lassen. Schnell suchen wir Gegenargumente.

Ich: „Katzenminze."

Carola: „Lakritzkatzenpfötchen!"

Ich: „Schokokatzenzungen!"

Mehr fällt uns leider nicht ein.

„Das bissel Süßkram? Lächerlich!", giftet Adam.

In genüsslicher Beweisführung zählt er sämtliche Negativbegriffe auf, die der Mensch unter Benutzung der edlen Tiergattung erfunden hat: Katzentisch, Katzenkonzert, Katzengold, Katzenjammer, Katzenkalender, Katzeklo, Katerfrühstück, Muskelkater, besonders demütigend: Einen-Kater-Haben! Adam nimmt sogar Worte wie Katarakt, Katarrh und Qatar in seine Kränkungsliste auf. Wir sind voller Verständnis für seine Katerstimmung, doch Letzteres geht zu weit. Wir kontern mit einer stattlichen Anzahl berühmter Katerpersönlichkeiten, die in Kunst und Literatur Eingang gefunden haben: Kater Murr, Kater Hinze, Kater Karlo, Der gestiefelte Kater, Schwarzer Kater Stanislaus, Minz und Maunz, Simon's Cat, Schrödingers Katze, ABC, die Katze lief im Schnee und und und … Carola hält Adam einen Sympathie heischenden Vortrag über Symbolik und Liebreiz von Katzen. Abschließend erinnert sie tröstend an Kurt Tucholsky, der gesagt haben soll: „Hunde haben Herrchen, Katzen Personal."

„Catwalk!", stößt er hervor, „den berühmten Catwalk habt ihr vergessen! Soll ich euch zeigen, wie's geht?"

Ich verspreche Adam: Wenn er sich nicht mit dem Kalten Hund anlegt, bekommt er ein fettes Leckerli.

„Ich will aufs Buchcover", fordert er und fügt hinzu: „und zwar mit einem hochwertigen Abbild: Ich, Adam, als Tiger. Gemalt in Öl, Mäuseblut oder Kaffeesahne."

Schon putzt und reckt sich die Diva, schreitet zwischen Kräuterbeet und Komposthaufen auf und ab, setzt sich schließlich auf den Gartentisch und lässt ihr Antlitz von der Sonne ausleuchten.

„Wo bleibt der Künstler?“, schnurrt Adam.

„Fern“, lautet unsere Antwort, und Carola lässt den Feind aus dem Keller:

Kalter Hund

Der Kalte Hund ist seit drei Tagen fertig. Man nennt ihn auch Kellerkuchen, weil er traditionsgemäß im Keller abgekühlt wird. Andere Namen lauten: Lukullus, Keksmauer, Schwarzer Peter, Kalte Schnauze. An eine feuchte Hundeschnauze erinnert er, wird er aus der kühlen Tiefe ans Licht gehoben, an einen Grubenhunt erinnert die längliche Kastenbackform.

Auf folgende Weise hat ihn Carola hergestellt: *250 g Kokosfett* sowie *1 Tafel Bitterschokolade* werden in einem Topf miteinander verschmolzen. *100 g Schlagsahne, 100 g Puderzucker, 1 Päckchen Vanillezucker, 50 g dunkles Kakaopulver, 1 Gläschen hochprozentigen Rum* geschmeidig untergerührt, bis es eine dunkelduftende glänzende glatte Schokomasse geworden ist. Carolas Oma machte das mit Schwung und Akkuratesse mittels Gabel. Carola selbst nimmt einen Rührbesen und greift auch schon mal zum Mixer. Eine Kastenform mit Backpapier wird eingekleidet, nunmehr die Creme sowie *mürbe Butterkekse* miteinander verschichtet, sodass am Ende eine Schokocremeschicht den Hund bedeckt. Garniert wird mit *Mandelsplittern.* Wie bereits erwähnt, wird der Kekskuchen zum Abkühlen in den Keller gesperrt, allerdings in Sicherheitsverwahrung.

Gott hat nämlich auch dem in Dunkelheit lebenden Nagegetier Appetit auf Süßes und Fettes gegeben.

Den Kalten Hund serviert Carola mit heißem Kaffee. Man kann davon nicht mehr als eine zentimeterdicke Scheibe verzehren, so gehaltvoll ist er. Adam hat sich zu uns herabgelassen. Enttäuscht, dass sich kein Künstler seiner Erscheinung angenommen hat und sich darüber hinaus sein vermeintlicher Feind als alberne Nachbildung eines Bergbau-Förderwagens herausgestellt hat, beschwert Adam sich über eine zunehmende Verspottungstendenz, die er in unserem Umgang mit ihm festzustellen vermeint. Der Kater wird nicht müde, auf die Vergeblichkeit unseres Unterfangens, eine kulinarische Erzählung zu schreiben, hinzuweisen, wobei er nun ebenso vehement versucht, das Lektorat zu übernehmen: „Braucht ihr dieses gelehrte Gelaber über die Bedeutung der Wochentage? Das ist Bullshit, besser gesagt: geistiger Katzendreck. Weg damit! Ebenso eure philosophischen Auslassungen! Sie haben das Niveau von Küchenliedern. Jeder Straßenkater weiß mehr vom Leben. Von mir, der mitten in seiner Dissertation steckt, ganz zu schweigen. Würdet ihr ausführlicher über mich erzählen, wäre der Schmöker spannender. Außerdem werde ich mich höchstpersönlich nach einem Künstler umsehen, der mich – als feinste katareske Porträtillustration – aufs Cover bringt. Außerdem wäre es ein finanzieller Vorteil für den Verlag, falls ihr je einen findet, mit Produktplatzierungen zu arbeiten. Ich kenne da einen Katzenfutterkonzern in Virginia ..."

„Einverstanden", beruhigt Carola das eifernde Tier, „ich werde unsere Freundin Ruth, die Bildkünstlerin, bitten, dass sie dein Schnäuzchen nach der Natur zeichnet, und danach hältst du es, einverstanden?"

„Fein", sagt Adam, „ich setze mich schon mal in die Sonne."

Während Carola mit Ruth telefoniert, kümmere ich mich um die Befriedigung unserer leiblichen Bedürfnisse.

Fette Zeiten

Obwohl der Mai der leichteste Monat des Jahres ist und schwere Genüsse wie schwere Gedanken nur schwer verträgt, wird es heute Abend etwas geben, das schwer im Magen liegt. Allerdings nur, falls es jemand komplett allein verzehren sollte: Speckfett. Eigentlich bin ich kein Freund von Speck. Schon als Kind habe ich ihn aus Wurst, Rouladen oder vom Schinken gepolkt. Speck (spec, spikh – „Hüfte, Hinterbacke") war freilich *das* Fett, das in unserer Familienküche gleich hinter „guter Butter" rangierte: vom Schweinegulasch über Hammelkeule, Karnickelläufchen, Bratfisch, Spiegeleier bis hin zu Linsen, grünen Bohnen, Sauer- und Rotkraut – alles wurde mit Speck angebraten, vermischt, bardiert, gespickt. Speck war für unsere sowjetischen Trinkbrüder die Grundlage für ihre Wodkabesäufnisse. Ausgelassen floss er über Kartoffelbrei und Gemüse. Speckknödel, Specknudeln, Specksalat, Specksoße – das Schwein im Sozialismus erfüllte seine Hauptaufgabe als Fettlieferant.

Meine erste Begegnung mit ausgelassenem Fett war allerdings eine, die in mir sonderbares Begehren erweckte. Als begeisterte Märchenleserin habe ich als Kind die Grimm'schen geliebt, unter anderem: *Katz und Maus in Gesellschaft*. Darin ging es um eine Katze, die einer Maus die Ehe versprochen und sie mit diesem Fake hinters Licht geführt hat. Die Mausbraut kaufte vom Geld ihrer Mitgift ein „Töpfchen mit Fett", dies wurde, als Wintervorrat, in der Kirche versteckt. Die heimtückische, verfressene Katze log der Maus vor, sie müsse zu einer Kindstaufe, begab sich jedoch „… geradewegs nach der Kirche, schlich zu dem Fetttöpfchen, fing an zu lecken und leckte die fette Haut ab". Von der Angetrauten gefragt, wie der Name des Täuflings gewesen sei, sprach die Katze: „Hautab." Tage später folgten nach gleichem Lügenprinzip „Halbaus" sowie „Ganzaus": Nach und nach leckte die Katze den Topf mit Fett leer. Das Märchen nahm kein gutes Ende, doch die Art und Weise, wie die Fettsucht der Katze beschrieben ward, imponierte mir.

Adam, nachdem ich das lehrreiche Gesellschaftsmärchen in der Runde erzählt habe, springt auf meinen Schoß, verfällt in aufgeregtes Treteln, schnurrt. Ich weiß, was er mir sagen will: Wenn schon der Künstler, der mich malen wird, auf sich warten lässt, will ich wenigstens ein Leckerli!

Während ich überlege, wie ich das Tier zufriedenstellen kann, finde ich in der Scheune eine für die Ewigkeit bestimmte geistige Delikatesse, die Adam höchstselbst in Stein geritzt hat:

Fünfte katerphilosophische Absonderung

Die Jugend verschlingt nur, dann sauset sie fort;
Ich liebe zu tafeln am lustigen Ort.
Ich kost's und ich schmecke beim Essen. (Sappho d. Ä.)
Meine Liebe serviere ich dir auf sächsischem Schiefer,
Kratz meine Seele hinein mit den Zinken
Schärfester Gabeln, die jemals
Hat eine Kätzin gespüret.

(Anmerkung: Das Epos ist F.v.N. gewidmet, unvollendet und mit Göthe unterzeichnet.)

„Art brut à la Adam!“, urteilt Carola als handele es sich bei dem kätzischen Versfund um eine Flasche Château Lafite-Rothschild aus dem Jahre 1787.

Während ich vor mich hin kichere, bereite ich für heute Abend ein Speckrezept, das sowohl in meiner Kindheit als auch in der Feten-Zeit meiner Jugend ungebrochen Erfolge feierte, von dem ich Adam ein Löffelchen abgeben werde. Der Kater ist jedoch nach der Enttäuschung über den Kalten Hund noch immer skeptisch. Er sagt sich: Besser, ich lege eine Spätschicht ein und besorge mir, bevor ich verhungere, ein paar dralle Mäuse.

Speckfett mit Schmalzäpfeln …

Ich nehme *1 Pfund fetten Speck* von einem bis zum Tode glücklich gewesenen Schwein. Da es sich um ungeräucherten Speck handelt, wird er auch als „grün“ bezeichnet. Den fetten Klotz schneide ich mit einem scharfen Küchenmesser in kleine Würfel, gebe diese in einen Tiegel. Tiegel sagt man, glaube ich, nur in Sachsen. Es handelt sich um eine Bratpfanne. Da in dieser zwar kein Stahl, jedoch Speck geschmolzen wird, leuchtet mir der Begriff ein. Also Tiegel! Der Fettwürfelberg ändert, auf mittlerer Flamme erhitzt, langsam seine Konsistenz. Die im Schmalz schmurgelnden Grieben lasse ich schön kross werden. In die heiße Schmelze lege ich *6–7 Schmalzäpfel.* Das sind kleine säuerliche Äpfel, die am krunkeligen Baum vorm Küchenfenster wachsen, gut über Winter einzulagern sind, und die Carola als Geheimtipp empfiehlt. Die Äpfelchen werden im Ganzen ins siedende Fett gegeben. Zwar wird in der Fachliteratur die Kanadarenette als Schmalzapfel ausgewiesen, doch wir schreiben ja keine pomologische

Doktorarbeit. Sind die Äpfel nach zirka 5 Minuten eingeschmalzt und mürbe, werden *1 gewürfelte Zwiebel, 1 Lorbeerblatt, 1 EL Majoran, 1 TL frischer Thymian* vorsichtig untergerührt. Bevor das Speckfett auskühlt und ehrfürchtig erstarrt, stippe ich frisches Brot in die heiße Schmelze und koste schon mal im Voraus. Cholesterin und Kalorien hin und her – es ist einfach zu köstlich!

… und Radieschensalat

Zu Fettbemmen, die wir mit *Schnittlauchröllchen* begrünen, serviere ich als hypergesunden Gegenentwurf: *10 Radieschen,* behände aus der Gartenerde gezupft, waschen, in dünne Scheiben schneiden, mit *2 EL Himbeeressig, 1 EL Ahornsirup, 2 EL Rapsöl, 1 EL gehackter Petersilie, Salz* und *Pfeffer* vermischen. Als Getränk eine Maß *Schwarzbier* für jeden!

Ganzaus!

Da der Abend kühl zu werden verspricht, machen wir ein Lagerfeuer. Carola spielt Gitarre. Wir singen, was uns einfällt, nicht schön aber inbrünstig. Nostalgische Nachtmotten umflattern uns. Aus den Neigen der Schwarzbierhumpen lesen wir im Geschichts- und Geschichtenbuch unserer Jugend. Griebenschmalz gab es in Ostzeiten auf jeder subversiven Keller- und Küchenparty. Es machte groß, mutig, stark.

Durch den Zaun schleicht Adam, der seine Spätschicht beendet hat. Vorm Feuer zeigt er Respekt. Er umläuft es weiträumig, um durchs angelehnte Fenster an der Rückseite des Hauses ins Innere zu gelangen. Wir singen Mailieder, von denen wir erstaunlich viele im Gedächtnisrepertoire haben. Von einem Baum zum anderen fliegt ein Käuzchen. Es miaut durchdringend, sodass Adam, der sich, wie wir meinen, in seine Koje in der Küche zurückgezogen hat, aufspringt und irgendeinen Gegenstand scheppernd herunterreißt. Wir eilen ins Haus, sehen das Elend: Adam war nicht etwa vom Käuzchenruf aufgeschreckt, sondern seiner Gier erlegen: Ein Viertel vom Speckfett hatten *wir* verzehrt, den Rest, also fast ein Pfund, hat sich soeben der Kater einverleibt. *Ganzaus!* Ohne Brot und Bier! Während dieser Tat hat er den Tiegel vom Herd gerissen. Nun liegt der Held in dem, was schmackhaft Schmalz gewesen war und, anverdaut, wieder aus ihm herausdrängte.

„Die Katze lässt das Mausen nicht", resümiert Carola, und Adam winselt: „Non, non! chassez le naturel, il revient au galop. Das klingt besser."

Sambaztac

Am nächsten Morgen leckt Adam kein Fett, jedoch seine sowohl digestiven als auch seelischen Wunden. Dann streckt er alle viere von sich, fällt in Tiefschlaf. Auch die Woche ist am Ende. Der Tag des Saturns schlägt seine Klauen durch die Wolken, und auf steigt er mit voller Kraft. Sambaztac. Satertag. Samstag. Nord- und Ostdeutsche sagen Sonnabend (Vorabend des Sonntags). Obwohl Gott nach Erfüllung seines Großauftrages erst mal Sabbat gehalten hat, gilt der siebte Tag unter seinen Humangeschöpfen bis heute offiziell als Arbeitstag. Wenn auch reduziert. Die Ostdeutschen mussten bis zur Einführung der Fünf-Tage-Woche sonnabends halbtags arbeiten, die Schüler noch 1990 bis mittags in die Schule. Freizeitfreiheit war relativ. Big Brother Sowjetunion bescherte uns den von Lenin erfundenen Subbotnik (russ. „subbota" = Sonnabend). Das war ein „freiwilliger", unbezahlter Arbeitseinsatz, der Pluspunkte für sozialistisches Verhalten, öfter jedoch Unwillen ins DDR-Bürger-Dasein brachte. Irgendwann hatte sich der Subbotnik von selbst erledigt. Sonnabendmorgens wurde bei uns zu Hause die Wohnung geputzt. Hatte ich schulfrei, übernahm ich das Staubwischen. Sonnabendmittags gab es schnelles Essen: Makkaroni (sächsisch: Maggroni), Eierkuchen, Glitscher, Suppe. Sonnabendnachmittag gingen VaterMutterKind meistens spazieren, spielten Mau-Mau oder Federball. Als wir später einen Fernseher besaßen, ließ ich mich von *Professor Flimmrich* in die Filmwelt entführen. Sonnabendabend sorgte die von Vater gebastelte Zimmerantenne für Westfernsehempfang. Im Gegenwartsparadeiso erinnere ich an die einfachen Sonnabendmittagsmahle meiner Kindheit. Es war auch Brennnesselsuppe darunter.

Brennnesselsuppe nach Räuberart

Brennnesseln wachsen weltweit, daher auch in unserem Garten. Sie sind unbeliebt und nützlich, verursachen Schmerzen und helfen heilen. Ihre ätzenden Härchen wehren sich gegen Fressfeinde und sind sinnlos gegen jemanden wie mich, die jedes Frühjahr Brennnesselsuppe kocht. Brennnesseln machen Quaddeln auf der Haut und vernichten, als Jauche angesetzt, Blattungeziefer. Vitamin-, Eiweiß- und Mineralienbomben sind sie und lästig, weil sie hemmungslos wuchern. Heute lobe ich sie als Suppengemüse. Mit spitzen Fingern pflücke ich *1 große Schüssel junge Brennnesseln* (die oberen zarten Teile). Danach werden die Blätter unter der Dusche entschärft und grob gehackt. In einem voluminösen Topf brate ich *1 Zwiebel* in *3 EL Olivenöl* glasig. *1 Liter Gemüsebrühe* darauf, umrühren. *2 Kartoffeln, 1 Möhre,* sowie *1 kleine Scheibe Knollensellerie* werden geschält, gewürfelt und 5 Minuten zusammen mit *1 Lorbeerblatt* in der Brühe gekocht. Nun gebe ich die Blätter in den Sud, woraufhin sie ihr Grün leider verlieren, an Geschmack jedoch gewinnen. Im Prinzip kann man die Suppe in dieser Form essen. Ich reichere sie an, indem ich *1 Schwarzen Veri* in Scheiben schneide und in der Suppe versenke. Besonders Adam weiß das zu würdigen, denn er schnappt sich umstandslos die Zipfel des Schwarzen Veri, der auch Augenwurst genannt wird. Den Namen *Veri* verdankt er einem schwäbischen Räuberhauptmann. Überliefert ist: In napoleonischen Zeiten überfiel „ein starker Mann mit braungebrannter Haut, weißen Zähnen und blitzenden Augen“ mit seiner Bande Bauernhöfe und räumte die Speisekammern leer. Mit bürgerlichem Namen hieß er Xaver Hohenleiter. Das Räuberteam war ein Familienunternehmen, und Veri starb 1819 vom Blitz getroffen, im Sünderturm. Keiner weiß, warum der unedle Kriminelle so viel Prominenz auf sich geladen und in sämtliche Kunstgenres sowie in die neuzeitliche Wurstereiszene Eingang gefunden hat.

Wie auch immer: *Veri* heißt auf Finnisch *Blut.* Der Schwarze Veri ist folglich eine dunkle, harte, messerscharf gewürzte Blutwurst. Die Speckstückchen stellen des Bösewichts Augen dar und funkeln uns aus der Suppe entgegen.

Adam hat die Veriwurstzipfel samt Pelle verschlungen und macht sich daran, eine Nachspeise aufzustöbern. Ein Singvögelchen wäre ihm recht, doch seit ihm kürzlich ein Schnabelhieb von Frau Elster fast die Stirn gespalten hätte, will er sich klassisch mit einer Maus begnügen. Ich schaukele mich nach dem Genuss der Räubersuppe in der Hängematte von einer Idee zur anderen, woraus ich neuen Erzählstoff weben könnte: etwas Abenteuerliches vielleicht oder einen paradeisischen Krach, nach dem alle Menschen glücklicher sind. Hin und her fliegen die Gedanken, drüber, drunter, Schuss und Kette, bis ich einschlafe, bis Träume meine Arbeit übernehmen.

Carola, die einige Jahre in Schweden und Dänemark gelebt hat, überkommt Lust, zur Vesperzeit Skandinavisches zu bereiten, was wieder einmal nicht ohne Kommentar zu haben ist:

Makulaturblatt VIII

Ein jeder sollte es sich ins Innerste prägen, dass Essen, Trinken, Schlafen, Gehen, Atmen nicht minder edle und wertvolle Beschäftigungen sind wie Bilder malen, Staaten regieren, Mikroskopieren oder Gedichte machen.

Georg Groddeck: *Der gesunde und kranke Mensch gemeinverständlich dargestellt* (1913)

Von jeher liegt den Philosophen (!) das Problem des Stoffwechsels von Körper und Geist mächtig im Magen. Weibliche Stimmen fehlen in diesem Kanon, ihre Verdauung interessiert nicht. Dafür wird der weibliche Unterleib sinnbildlich als Füllhorn anderer Genüsse gesehen. Christian W. Denker verweist in *Vom Geist des Bauches* auf Hesiods misogyne Aussage, der im „gierigen Verlangen weiblicher Bäuche nach Füllung" ihre Bestimmung sieht. Für Georg Groddeck, den Wegbereiter der Psychosomatik, dessen Schriften – wie auch die des Begründers der Psychoanalyse Sigmund Freud – literarische Qualität aufweisen, existiert zwischen Verdrängung und Verdauung eine unübersehbare Wechselwirkung. In *Krankheit als Symbol* spricht er von der seelischen Bedingtheit jeder Verstopfung. Der Bauch zentriert sein Bild vom Menschen als eine Ansammlung wichtiger Organe, die im unentwegten Austausch stehen, so wie in einer Gesellschaft alle miteinander kommunizieren sollten. Sind diese sinnreichen Interaktionen gestört, ist Hilfe vonnöten. Groddeck verhält sich in seiner Argumentation wie ein Philosoph: Auch er bewegt das Unverdauliche im Geiste wie im Körper als Zentralproblem. Ludwig Feuerbachs Gedanke, dass „der Mensch ist, was er isst", steht für einen moralischen Anspruch innerhalb der deutschen Philosophie, die zwischen Anthropologie und Gastrosophie pendelt.

Am radikalsten hat der dänische Sokrates aus Kopenhagen, Søren Kierkegaard, Begründer der Existentialphilosophie, eine schlechte Verdauung als Krankheit des Geistes charakterisiert. Dem Menschen sei der Verstand verstopft, da er mehr Wissen herunterschlingt, als er verdauen kann. Nicht nur den Dänen lag sein großartiges Werk lange Zeit steinern im Magen.

Dänische Rote Grütze

Dem sozialistischen Normalbürger war Dänemark allenfalls aus Hans Christian Andersens Märchen bekannt, mehr noch aus den Gaunerfilmkomödien der „Olsenbande". Wer Kierkegaard las, war kein Normalbürger. Auch wer Rote Grütze als dänische Spezialität verortete, verfügte über privilegiertes Wissen. Rote Grütze stand in der DDR hoch im Kurs. Es handelte sich dabei um gefärbten, gesäuerten, aromatisierten Grieß, der wie Pudding gekocht, mit einem Klecks Vanillesoße versehen und mit der Geschmacksrichtung *Himbeer* bezeichnet wurde. Grütze (gruzzi) bedeutet „grob gemahlenes Getreide". Insofern war die ostdeutsche Volksrepublik am Ursprung der Roten Grütze näher dran als das Königreich Dänemark. Das karmesinrote Dessert schmeckte alternativlos und ist heute noch der Renner in Mensen und Betriebsküchen. Carola kann sich da als Kennerin der süßen Genüsse nur an den Kopf greifen. Ihre Rote Grütze hat nichts mit Kindergrieß zu tun, sondern verkörpert den hand- und früchtefesten Norden: Maienzeit ist Erdbeerzeit. Daher sind in *1 kg gemischten roten Früchten* am meisten Erdbeeren vertreten. Rote Johannisbeeren, Himbeeren sowie Waldpreiselbeeren werden aus dem Winterschlaf, den sie im Eisschrank halten, geholt und zu den Erdbeeren gegeben. Die Früchtepracht mit dem *Saft einer halben Zitrone, 200 g Zucker* sowie dem *ausgekratzten Mark von 2 Vanilleschoten* mischen, zum Kochen bringen, umrühren, damit nix anbrennt. Nach zehn Minuten verdickt Carola den Beerenbrei mit *2 EL Maisstärke*, die sie in wenig kaltem Wasser angerührt hat. In einer Glasschüssel kühlt die Grütze ab. Als Krönung werden *200 ml flüssige Sahne* wie ein weißes dänisches Flaggenkreuz darüber gegossen.

Der Sonnabendnachmittag rundet sich. Wohlig wabernder Frieden, hängemattengemütlich. Selbst der Kater hat keine Lust, die Krallen auszufahren. Bevor ich in Harmonie zu verblöden drohe, schubst Carola, die übermütige Süßköchin, mein sanft schaukelndes Ruhebett an: „Der Mensch braucht Angst, sonst lernt er nichts!“

Kierkegaard. Na klar, der schwermütige Philosoph aus dem Land der Roten Grütze. Noch ein Schubs! Himmel, Erde, Himmel, Erde. Die Hängematte überschlägt sich. Ich falle ins Gras. Bleibe unverletzt, da das Paradeiso keine Krankenstation besitzt. Doch der Schrecken über den Absturz schlägt mir ein wenig auf den Magen. Carola brüht Mokka, gibt Zucker sowie einen Schluck Trösterum hinein. Nachdem ich von der Medizin getrunken habe, wird die sahnebekreuzigte Grütze aufgetragen. Nyd dit måltid! Velbekomme!

Alles neu macht der Mai, macht die Kehle frisch und frei. Lasst das Haus, kommt hinaus, windet einen Strauß … Wir singen den Rote-Grütze-Dank, tanzen ums Hochbeet, springen über Lauchzwiebeln und Spinat. Weidenkätzchen wirbeln durch die Luft. Adam ist begeistert. Der Mai ist reich und leicht, denken wir, und leicht soll auch der Abend eingeläutet werden. Was passt dazu?

„Spitzmaus“, schlägt Adam vor.

„Spargel!“, rufen wir wie aus einem Munde.

Das entspargelte Land

Es war ein Radbremszylinder, mit dem mein Vater, der im Autowerk arbeitete, ein Pfund Spargel bezahlte. Die Schwester einer Kollegin wohnte in der Lausitz und besaß einen Garten, wo sie privat Spargel anbaute, den sie im Mai aus der Erde stach, wusch, abzählte, bündelte und, nachdem sie und ihre Familie sich satt gegessen hatten, zu Höchstpreisen unter der Hand verschacherte. Geld galt dabei als geringste Währung. Ersatzteile, Westfressalien oder Frisörtermine hingegen waren von hohem Wert im Täusch- und Tauschland DDR. Ich kann mich nur an diese eine Spargelmahlzeit erinnern, vor allem daran, dass ich die länglichen, matschigen Dinger auf meinem Teller liegen ließ und lediglich Kartoffeln mit brauner Butter verzehrte. Meine Eltern, indem sie sich die Weichlinge genüsslich in den Mund schoben, seufzten *aah! ooh! hmmm!* Sie klauten mir die Verschmähten vom Teller und tadelten mich: „Du weißt nicht, was gut schmeckt."

Sie hatten recht. Kinder mögen nun mal keinen Spargel.

„Auch Katzen nicht", maunzt Adam, dem sich schon beim Wort Spargel die Barthaare zusammenrollen.

Nach meiner Recherche um die Geschichte des Spargelanbaus stelle ich fest: Spargel ist das politischste Gemüse, das ich kenne. In Friedenszeiten hat es in Mitteleuropa seit dem späten Mittelalter immer wieder Furore gemacht. Spargel gehörte zu barocken Tafelfreuden, auf Kaiser- und Königsbanketts, wurde in den wildwütigen 1910/20ern sowie in der Weimarer Republik kulinarisch gefeiert. Die frühlingsgestimmten Comedian Harmonists sangen *Veronika, der Spargel wächst!*, und tatsächlich wuchs er in fast allen Gebieten Deutschlands. Spargelbooms dauerten bis zum jeweils nächsten Krieg, wo Spargelfelder zu Schlachtfeldern wurden und jede verschimmelte Brotkante begehrter war als das Edelgemüse, das die Arglosigkeit schon im Namen trägt: Asparagus = „der junge Trieb".

Wie Spargel in die Politik eingriff, zeigt eine weitere Episode, die in Heidelberg stattfand. An einem holden Maientag im Jahr 1935 gossen sich Mitglieder des Studentencorps Saxo-Borussia in ihrem Stammlokal „Zum Seppl" viel des guten badischen Weines hinter die Binde, und zwar während aus dem Radio Hitlers „Friedensrede" ertönte. Den Corpsstudenten war das Geplärr offensichtlich zuwider, und sie versuchten es mit bissigen Bemerkungen über den Redner zu untergrölen. In diesem Zusammenhang kam man auch auf die Essgewohnheiten des vegetarischen Reichskanzlers zu sprechen, was in der entscheidenden Frage mündete: „Isst Adolf Hitler seinen Spargel nun mit Messer, Gabel oder Pfoten?" Die Antwort lautete: „Hitler besitzt ein so großes Mundwerk, dass er den Spargel quer essen kann." Die Posse wäre nicht in die Geschichte eingegangen, hätte sie nicht Konsequenzen gehabt: Humorlose Reichsverteidiger, die ebenfalls im „Seppl" zechten, zeigten sich über die Studenten empört und petzten, sodass man sie auf dem Führerthron erhörte. Das Ende: Hitler wünschte dem spöttischen Pack den Tod an den Hals. Da dies nicht umsetzbar war (die Studenten waren adlig!), verbot er fortan sämtliche Korporationen im Deutschen Reich. Im Weiteren blieb Hitlerdeutschland spargelfrei.

Auch die ostdeutsche Spargelproduktion kam um Politik nicht herum. Hundert Jahre vor der Berliner Mauer wurde der erste Spargel im brandenburgischen Beelitz hochgezogen. Zu Zeiten beider Weltkriege war das aufwendig anzubauende Gemüse, das zudem nur geringen Nährwert besitzt, von den Feldern fast verschwunden. Nach 1945 gab es anderes zu tun, als die Spargelproduktion wieder anzukurbeln. Als sich die DDR-Agrarwirtschaft samt ihrer Kollektivierungsprobleme eingepegelt hatte, galt Spargel als bürgerliches Reliktgemüse. Zwar wuchs er in Beelitz weiterhin, doch lediglich auf zwanzig Prozent der ehemaligen Anbaufläche. Ostdeutsche Spargelsorten trugen Namen wie „Start" (grün) und „Eros" (grün/weiß), der Berliner Fernsehturm hieß im Volksmund „Telespargel".

Wer in der DDR einen Garten mit lockerem Boden besaß, baute Spargel privat an. Bezahlt wurde, wie erwähnt, unter anderem mit Radbremszylindern.

Carolas gartenprivilegierte Großmutter hatte einmal von Zauberhütchen berichtet, die über die zarten Köpfchen des königlichen Gemüses gestülpt wurden, und dass sie den Spargelhügel ketzerisch Pastorenbuckel genannt hatte.

Da, zumindest in unseren Landen, schon lange Frieden herrscht, steht der Spargelanbau gegenwärtig in voller Blüte. Bürger aller Stände und Schichten treiben regelrecht in einen Spargelrausch, trifft im März der erste griechische Vorbote in den Supermärkten ein. Zwar ist er genießbar, ich warte jedoch auf den einheimischen, der meistens ein paar Tage später angeboten wird. Allerdings dreimal teurer als der griechische. (Spargel aus Peru, den es unter dem Namen „Andengold" im Winter gibt, geht gar nicht! Er ist ein Produkt der Pestizidindustrie, wird unter fragwürdigen Bedingungen angebaut, zehntausende Kilometer durch die Welt geschickt und schmeckt zudem nach nix.) In den letzten Jahren sind in Deutschland zahlreiche Spargelhöfe aus dem (vor allem brandenburgischen) Boden geschossen. Spargelfeste finden statt, Spargelköniginnen werden gekrönt, „Spargelstraßen" durchziehen das Land, als seien sie Highways deutscher Esskultur.

Zugegeben: Jedes Jahr verfallen auch wir dem Spargelrausch. Alle außer Adam. Der kriegt den Schinken. Längst ist die Zeit vorbei, da ich glaubte, Spargel müsse weiß und weichgekocht sein. Ich lernte, dass grüner Spargel würziger und zarter ist als weißer, dass man Spargel bissfest braten und gar roh essen kann. Obwohl Italiener längst nicht so spargelwütig sind wie Deutsche, habe ich folgendes Rezept in Padua kennen und lieben gelernt:

Spargel mit Parmesan

Wir gehen ins Volle, das heißt: Zwei Pfund Spargel für zwei Personen dürfen es schon sein. Ich kaufe vom Bauern aus der Nachbarschaft: *1 Pfund weißen Spargel, 1 Pfund grünen Spargel.* Die Stangen dürfen weder zu dick noch zu dünn sein. Dicke sind obszön und geschmacklos, dünne brüchig und faserig. Mit dem Sparschäler den weißen Spargel von Hals bis Fuß schälen, den grünen am Ende ein Stück abschneiden. Die Spargelschalen kann man auskochen und daraus ein Buttersößchen bereiten, oder man überlässt sie dem Kompost. Ich mache eine ovale Pfanne heiß, gebe *1 EL Butter, 1 EL Olivenöl, 1 TL Zucker* hinein, lege die weißen Spargelstangen dazu, *salze* kräftig und lasse sie bei mittlerer Hitze braten. Nach 10 Minuten kommen die grünen Stangen hinzu, ebenfalls *Salz* sowie *1 geschnittene Knoblauchzehe.* Nach zirka 20 Minuten nehme ich die Pfanne vom Herd, träufele den *Saft von ½ Zitrone* darüber. Vorsichtig die heißen Stangen herausnehmen, auf eine passende Platte legen, sodass Grün und Weiß hübsch durchmischt sind. Den dampfenden Spargelstapel bestreue ich mit *4 EL grob geriebenem frischen Parmesan* und träufele *4 EL bestes Olivenöl* darüber. Das gute Ende bereiten *1 Prise Muskat* sowie *Mühlenpfeffer.* Spargel auf diese Art zubereitet schmeckt am besten lauwarm. Wer außer Adam Schinken dazu essen mag, soll es tun. Focaccia sowie ein leichter trockener oder moussierender Weißwein passen hervorragend. Schon trägt uns der Rausch ins Heitere. Adam rollt sich auf dem Boden, freut sich, dass dieser Abend für ihn glimpflich verläuft. Vergessen ist der Speckfettkater, es lebe die mediterrane Leichtigkeit.

A

Sunnuntag

Der erste oder letzte oder erstletzte Wochentag: Sunnuntag. Frônotag. Sonntag. Der Christi Tod inklusive Auferstehung zum Feieranlass erhebt. Ein in der Vergangenheit oft gewandelter und verhandelter Tag, den Adam kurzerhand als „Herrentag" für sich beanspruchen will.

„Bist du vielleicht Jesus?", fragen wir pikiert.

„Wer weiß?", patzt der Haus- und Hofkater zurück.

Wir lassen dem Tier seinen Stolz. Der Sonntag hat sowieso etwas Zwanghaftes an sich. Die Deutschen haben den gesetzlichen Boxenstopp ihrem Kaiser Wilhelm zu verdanken. Das war fortschrittlich, doch für manche mit einem Haken versehen: Menschen, die durch gesellschaftliche Umstände oder durch Eigenehrgeiz zum Arbeitstier mutieren, fallen sonntags oftmals in ein Loch. Das Arbeitstempo der Woche, auf null gedimmt, zeigt die Sinnarmut des Alltags. Der Extremschufter hat, wie ein Trauernder, den Sonntagsblues im Blut und würde die Uhr am liebsten vordrehen, damit er im Arbeitswahn abermals die Besinnung verlieren kann.

Früher lösten Sonntage in meiner Familie zwar keine Neurose aus, doch legte sich mitunter die arbeitslose Zeit wie eine stockfleckige Decke über dahintrödelnde Stunden. Während die Eltern „ausschliefen", erlebte ich in meiner Bücherwelt Abenteuer, die die Verwandtenbesuche am Nachmittag in prosaischer Wirklichkeit verenden ließen. Hatte sich jemand aus der Sippschaft zum Mittagessen angekündigt, drehte sich die Sonntagsuhr schneller. Es musste geschmort, gebacken, gebrutzelt werden. Braten stand auf dem Plan, Speckgeruch in der Luft.

Gulasch. Spielarten

Das – in Deutschland auch *der* – Gulasch haben die mittelalterlichen Magyaren in die Welt gesetzt. Goulasch, Gulya, Gollasch, Gujasch bedeutet „Rinderhirte". Solchem dienten wahrscheinlich die eigenen Anvertrauten als Hauptnahrungsquelle. Der ungarische Cowboy adelte seinen Beruf, indem er kurzerhand sein Mittagessen nach ihm benannte. Gulasch ist seitdem in unzähligen Varianten bekannt. Ostdeutsche Freaks bezeichneten alles, was man kleinschneiden, durcheinandermischen und braten kann, als Gulasch. Gemüse-, Kraut-, Pilz-, Kartoffel- oder Wurstgulasch waren beliebte Spielarten des Rindergulaschs. Großküchengulasch bestand aus gebräunter Mehlpampe, in der zerkochte Zwiebeln, Kartoffelstücke sowie ein paar fettige oder sehnige Fleischbatzen steckten. Als legendär galten MITROPA-Gulaschsuppen, bei deren Zubereitung der Fantasie keine Grenzen gesetzt waren. Einmal fand ich darin sogar eine gut durchgegarte Zigarettenkippe. Bei uns zu Hause gab es öfter Gulasch. Halb Schwein, halb Rind; mitunter auch „Szegediner", mit Sauerkraut und Kümmel gekocht. In Ungarn lernten wir Gulasch kennen, der uns entflammte, sich jedoch nicht Gulasch, sondern Pörkölt nannte. Benennungsprobleme gab es auch bei den von mir verhassten Schulmanövern, bei denen das attraktivste die Gulaschkanone war. Natürlich sagten wir Schüler Gulaschkanone, wofür wir von militärischen Fürsorgern getadelt wurden: Der fahrbare Kriegskochherd hieße korrekt Feldküche! Jawoll!!

Beinscheibengulasch …

Für meinen Gulasch nehme ich das Feinste, das es vom Rind gibt: *500 g Fleisch aus der Beinscheibe,* ausgelöst und in grobe Stücke zerteilt. Das Wort Beinscheibe klingt ein wenig chirurgisch, trifft's aber: Es bedeutet die quer zum Knochen geschnittene Rinderhesse (Hechse, Hachse, Wade, Kniebug). Man verwendet Hesse vornehmlich als besseres Suppenfleisch, ich jedoch für Gulasch. Das habe ich Wiener Saftgulaschköchen abgeguckt. Zunächst wird aus dem großen Röhrenknochen das *Mark* gekratzt. Vater meinte früher „Mark macht stark!" – und hat es leidenschaftlich aus gekochten Rinderknochen gezutscht. Ich verweigerte das wabblige, eigenartig schmeckende Fett. Heute benutze ich es zum Anbraten des Fleisches, wobei ich es mit *1 EL Schweineschmalz* ergänze. Die Hesse wird also scharf im ausgelassenen Mark angebraten, gesalzen, und ich gebe hinzu: *5 ganze Schalotten, 1 in Scheiben geschnittene Möhre, 2 Knoblauchzehen, 5 Pimentkörner, 3 Wacholderbeeren, 2 Gewürznelken, 1 Sternanis, 2 Lorbeerblätter, 1 TL Senf, 1 TL süßes Paprikapulver. 1 TL Mehl* darüber stäuben, mit einem Schluck *Rotwein* ablöschen, knapp *Wasser* auffüllen und auf kleiner Flamme im geschlossenen Topf simmern lassen. Das kann eine bis anderthalb Stunden dauern. Ist das Fleisch gar, zart wie Babybacke, wird *1 TL Tomatenmark* untergerührt. Da die freigesetzte Gelatine bindet, verzichte ich auf weitere Verdickungsmittel. Der Gulasch kann noch eine Weile im Topf ruhen. Es ist schließlich Sonntag.

… mit Grünen Klößen

Inzwischen stürze ich mich auf die aufwendigste Variante, die die deutsche Erdapfelküche zu bieten hat: Grüne

Klöße. Klöße, althochdeutsch *klöz,* bedeutet so viel wie Klumpen. Das Zubereiten der sächsisch-thüringischen Spezialität erschien mir in meiner Kindheit stets als Riesenaktion. Mutter und Vater schufteten sonn- oder feiertags gemeinsam in der Küche, die an diesem Tag einer Kartoffelverarbeitungsmanufaktur glich. Sie fürchteten jedes Mal, dass die *grienen Gleese* nicht gelingen, entweder zerfallen sie beim Kochen (das ergibt dann die zu Kriegszeiten von Mutter gefürchtete Fitzfädelsuppe) oder sie ziehen sich zu grauen Gummibällen zusammen. Waren meinen Eltern die Klöße gelungen, wurde nicht an gegenseitigem Lob gespart.

Ich mache mich an die Prozedur. Das Wichtigste sind die Kartoffeln. Was sie sein müssen: groß und mehlig. Was sie nicht sein dürfen: klein, jung, wässrig. Für die Klöße benötige ich: *2 gekochte Kartoffeln vom Vortag.* Ich schäle und reibe sie auf einer feinen Käsereibe zu fluffigen Fädchen und gebe sie in eine Schüssel. Man kann natürlich auch eine Kartoffelpresse verwenden. Des Weiteren schäle ich *5 große rohe Kartoffeln*, reibe sie ebenfalls, allerdings mit einer altmodischen halbrunden Kartoffelreibe. Das ist Schwerstarbeit. Manch angeraspelter Finger hat schon Heldenblut in den Teig tropfen lassen. Das gehört dazu. Nun kommt ein linnenes Küchentuch zum Einsatz. Meine Eltern haben stets dasselbe benutzt, sodass das Tuch nach Jahren braun und ausgebeutelt war. Meins ist noch unbenutzt. Ich lege das jungfräuliche Laken in eine Emailleschüssel, gieße die rohe Kartoffelmasse darauf. Die Tuchzipfel nehme ich in die Hand, ein Säckchen entsteht, und ich wringe und presse und quetsche die Masse aus. Somit trennt sich die Stärke von den Kartoffeln und plätschert durch den Stoff in die Schüssel. Die trübe Brühe in ein Gefäß geben. Die Rohkartoffeln fühlen sich an wie geschleuderter Baumwollvlies und werden in die Schüssel gebröselt. Jetzt wird's spannend, vor allem, weil die Zubereitung des Teiges zügig vonstattengehen muss. *1–2 EL Stärke* vom Bodensatz der Pressbrühe löffeln, ab in die Schüssel. Schluck für Schluck gieße ich nun *kochendes Wasser* auf die rohen Kartoffeln, welche sofort, wie der Sachse sagt, schleimig aufdudeln. Das Aufgedudelte nimmt gräulich-grüne Farbe an, daher *Grüne* Klöße. Liegt der rohe Teig noch einigermaßen matschfest in der Hand, wird er rasch mit dem gekochten Kartoffelrieb gemischt. Inzwischen hat Carola *1 Scheibe Weißbrot* in Würfelchen geschnitten und in *1 TL Butter* geröstet. In einem Topf viel *Salzwasser* zum Kochen bringen. Mit stets frisch befeuchteten Händen forme ich tennisballgroße Klöße, drücke in deren Mitte ein paar geröstete Brotwürfel, streiche alles glatt und lasse die Ballen mittels Löffel vorsichtig ins kochende Nass gleiten. Sofort die Hitze reduzieren, die Klöße 20 Minuten im Topf ohne Deckel ziehen lassen. Den perfekten Kloß erkennt man am Schwimmverhalten: Nach etwa 10 Minuten trudelt er vom Topfgrund nach oben, wo er, leicht im Wasser schaukelnd, seine Vollendung erfährt. Ein schlechter Schwimmer säuft ab oder löst sich in seine Bestandteile auf.

Der Sonntagsbraten kommt auf den Tisch. Man könnte ihn mit Rotkohl anrichten, doch Rotkohl hat die Unart, auszulaufen und die Bratensoße zu verfärben. Daher lassen wir ihn diesmal weg. Sonne scheint, Braten dampft. Uns läuft das Wasser im Mund/Maul zusammen. Adam darf als Vorkoster fungieren. Sein angeschlagener Steingutnapf weicht einem feiertäglichen Porzellanteller, worauf

Carola katzenmaulgemäß Gulasch portioniert. Mit einem Viertel Grünem Kloß am Rande. Behaglich kaut Adam das Fleisch und leckt sorgsam um das Kloßstück herum die Soße bis zum letzten Tropfen auf. Er muss mit einer Krähe einen Futterverwertungspakt geschlossen haben, denn kaum, dass der Kater sein Leckermaul vom blank geschleckten Teller gehoben hat, schnappt sich der Vogel den Kloß und fliegt mit seiner Beute davon.

„Alles aufgegessen“, lügt Adam und will auch noch gelobt werden.

Unsereins verschmäht nichts. Bevor es an den Gulasch geht, werden die Klöße mit Messer und Gabel in der Mitte aufgerissen, damit die güldenen Brösel ihren Duft entfalten und der Kloß die Soße gut aufnehmen kann. So und nicht anders muss es sein. Eine wohlige, satte Fleisch-Kartoffel-Schwere macht sich in uns breit. Unser Lohn für die Woche. Da wir auf Rotkraut verzichtet haben, gibt es Nachtisch, der zumindest farblich die Fehlstelle ausgleicht:

Johannisbeer-Scherbett mit rotem Sekt

Bevor das schöne Wort Scherbett aus Altersgründen aus dem Duden gestrichen wird, lasse ich ihm noch einmal Ehre angedeihen. Scherbett war in Urahns Zeiten Synonym für Sorbet. Das französische Wort wiederum stammt aus dem Arabisch-Persischen – *šarba* – und bedeutet „kaltes, alkoholfreies Getränk“. Wir kennen Sorbet vor allem als Halbgefrorenes, das aus Fruchtsaft oder -püree und Zucker hergestellt wird. Bis Ende des 19. Jahrhunderts hielten sich die europäischen Sorbetsüßmäuler an den Verzicht auf Alk, danach gab es kein Halten mehr: Wein, Sekt, Champagner, Liköre veredelten die Fruchtaromen und machten zudem lustig. Man kann Sorbets fertig kaufen, selber rühren oder das Rühren der elektrischen Eismaschine übertragen. Wir sind Selbstrührer.

Johannisbeeren zählen zu meinen Lieblingsfrüchten. Ob sie nun rot, gelb oder schwarz sind, ob sie Ahlbeere, Ribiseln, Gichtbeere, Träuble oder Trübeli heißen – Johannisbeeren sind die Geschmacksturbinen unterm Beerenobst. Besonders schwarze, deren Geschmack an Birkenteerhustensaft erinnert. Unsere Sträucher (rot/schwarz) tragen Ende Mai zwar Früchte, doch die sind noch klein und grün. Wir haben im Vorjahr genügend eingefroren und entnehmen dem Vorrat: *100 g rote* sowie *200 g schwarze Johannisbeeren.* Zusammen mit *150 g Zucker* koche ich sie in *¾ Liter Wasser* auf, bis sie platzen. Das Mus durch ein grobes Sieb streichen, abkühlen lassen, *4 cl Cassislikör* unterjubeln und in eine gefrierfeste Schüssel geben. Es folgt die Behandlung in der Kältekammer. Alle halbe Stunde nehme ich den immer eisiger werdenden Beerenbrei aus dem Tiefkühler, um ihn mit dem Schneebesen locker und luftig zu schlagen. Bis er „halbfest“ ist (nicht zu verwechseln mit „halbaus“!). Das Scherbett ist bereitet. Sektschalen werden aus der Vitrine genommen, in jede eine Kugel sattrotes Beereneis platziert. Doch das Rote wird mit röterer Röte überrötet: Es knallt, ein Korken zischt in den Maienhimmel, und dunkelpurpur wild aufschäumender Sekt gießt sich über das Scherbett. Unser Scherbett wird mit je einer Limettenscheibe und einem Blättlein Zitronenmelisse geschmückt, bevor wir uns daran das Mütchen kühlen.

Taktischer Sonntag

die sahnetaktorte
die mutterbuttergräm dorte
droben mein
pühonierhalstuch wehet
kein fahnenhunger nur ahnenhunger hamm
sonntaktisch herzzuckernd zuzunftsver-
brechen zuckbrot peitscht opapa
all seine lieben

Nicht nur Sahnequark und Buttercreme bestimmten meine Kindheitssonntage, auch weiße Kniestrümpfe, rote Lacklederschuhe, Petticoats, Schürzen, Zopfschnecken, Puppendoktorspiele, mokkalikörtrinkende Tanten, Ringelgehen, Strickliesel, Stammbuchblümchen (Stamper), Plastilin, Federball, Schlagerparade, Sandmännchen, Nesthäkchen, Rausschmeißer. Weihnachten wurde die von Opa Otto selbst gezimmerte Puppenstube vom Dachboden gewuchtet: zwei Zimmer, Küche, Kammer, Bad, elektrisch Licht, Rüschenstores, Engelsreigen, Ehebett … Und blitzte da nicht überm Plüschsofa ein Bildchen, das, von gilber Vergangenheit gemildert, den Kaiser zeigte oder den Reichskanzler oder doch nur Dürers betende Hände? Meine Puppenstubenidylle bewohnten Nacktfrösche (hohle Porzellanbadepüppchen, die um 1900 modern waren), sowie aus Zelluloid gefertigte Inge- und Gretchenpuppen (aus den Dreißigern), die Mutter neu eingehäkelt hatte. Neben der Puppenstube existierte ein Kaufmannsladen, original DDR 1960, dessen Angebot an Lebens- und Haushaltsmitteln das der mangelbestimmten Wirklichkeit bei Weitem übertraf. Außerdem besaß ich eine drehbare Plastewaschmaschine und eine Puppenküche, deren Herd man mit einem Kerzenstumpen befeuern, sodass man mit richtigen Töpflein kochen konnte. Ich war ein braves, verwunschenes Einzelkind, aufgehoben in der allumfassenden Sauberkeit und Bescheidenheit meiner Familie. Sonntags- und sonstige Rituale sollten der Vorgeschmack auf mein künftiges Leben sein: Über Generationen vererbte Rezepte, die wärmten, satt und fraglos machten. Jedenfalls so lange, bis ich sehen/hören/lesen/mich verlieben lernte, mit vierzehn etwa, da ich meinen Puppen die Stirnen auf- und mir die Haare abschnitt und Topfdeckel als Schlagzeug benutzte.

Rhabarberbarbarisches

Zum Frühling gehört Rhabarber, der große Knöterich, dessen saure Stiele man je nach Sorte als Darmregulativ, Kompott, Kuchenbelag oder zum Herstellen von Süßmost verwenden kann. Das Gemüse, vornehmlich als Obst verarbeitet, gilt als chinesischer Einwanderer, der, mit Umweg über Russland, im 18. Jahrhundert in europäischen Gärten heimisch wurde. *Rheum,* mittellateinisch für „Wurzel", gepaart mit *barbarus* („fremdländisch") = Rhabarber. Die Pflanze ist derart robust und anspruchslos, dass sie in sauersten DDR-Zeiten unvermindert im Angebot war, und zwar nach Ernteschluss Ende Mai als Konserve. Die ostdeutsche Obstverarbeitung kannte zwei mögliche Formen der Haltbarmachung von Rhabarber: in Zuckerwasser eingekocht, wo er als grauer Faserbrei in Gläsern ruhte, sowie als Süßmost bzw. Nektar, der, in Literflaschen abgefüllt, als Ladenhüter die Regale besetzte. Die einfarbig bedruckten Etiketten logen nicht: Es war drin, was draufstand; es schmeckte, wie es aussah. Meine Mutter backte im Frühjahr aus frischer Frucht Rhabarberkuchen, von dem ich nur die Streuseln und die Puddingschicht aß. In der Schule gab es Rhabarberkompott, das aus erwähnten Gläsern stammte und sich meistens im Futterkübel wiederfand. Das Geheimnis des ersten Rhabarbers, den ich voll Entzücken aß, war seine Einfachheit: frisch enthäutete dicke Stiele, in 2 cm große Stücke geschnitten, mit wenig Wasser, reichlich Rohrohrzucker und Vanillemark kurz aufgekocht, frische Erdbeeren sowie eine halbe, in Scheiben geschnittene ungeschälte Zitrone hinzugegeben, ebenfalls kurz aufgekocht – runter vom Herd. Nach dem Abkühlen in den Kühlschrank, mit Vanillesoße oder Schlagsahne serviert.

Carolas Rhabarberkindheit verlief rustikaler: Der noch frühreife, quietschsaure Strunk wurde aus der Erde gezogen, kurz abgespült, roh in Zucker getunkt und sogleich weggeschnurpst.

Ja, das Obst sollte noch fest, seine Ursprungsfarbe erkennbar sein. Auch der einst geschmähte Rhabarbernektar, der sich dem Ostklischee „sauer, grau & trüb“ verpflichtet sah, leuchtet heutzutage oft klar, mild und altrosa in hübschen Flaschen. Mit Wasser als Schorle verdünnt, hat er uns schon oft erfrischt. Heute ernten Carola und ich den letzten Rhabarber, der in unserem Garten wächst. Wir frieren die rohen Stücke ein und werden sie im Winter zur Bratenzeit zu dunklem Fleisch in den Schmortopf legen. So wird das Fleisch zarter und bekommt einen säuerlichen Kick.

Ein weitaus rabiateres Wuchs- und Verwertungsverhalten als Rhabarber besitzt eine Pflanze, die es mir angetan hat: *Giersch.* Für Gärtner bedeutet das Triebkolonien bildende Kraut, dessen Blätter die Form von Ziegenfüßen haben, die Pest. Er ist unedel, brutal in der Verbreitung und unausrottbar, kurzweg: der Pöbel unter den Kräutern. Das gärtnerisch weniger anspruchsvolle Mittelalter hingegen pries Giersch als Zipperleinskraut, weil er gegen Gicht und Rheuma helfen sollte. Hat sich ein Garten Giersch eingefangen, kann man nichts anderes machen, als ihn aufzuessen. Auch Limonade, Pesto oder Süppchen ließen sich aus seinen Blättern kreieren. Da wir im Paradeiso Zipperlein gar nicht erst aufkommen lassen wollen, gestatten wir uns Prävention. Wir haben eine kleine Kiepe frisch gepflückten Giersch auf den Küchentisch gekippt, und zum Abendbrot gibt es:

Gierisches Omelett

Die Lieblingshenne des Althahns hat Eier gespendet, von denen sie täglich eins legt. *6 Eier* schlage ich in eine Schüssel, rühre sie mit dem Schneebesen kräftig durch, *pfeffere, salze, muskatiere* sie. *6 Hände voll Giersch* werden entstielt, kurz in kochendem Wasser aus der Fassung gebracht, mit dem Küchenmesser kleingehackt, in *2 EL Butter, 2 gewürfelten Zwiebeln, 1 Knoblauchzehe* angedünstet, *Pfeffer* und *Salz* dazu. Alles wie bei hausgemachtem Spinat. Nun gießt die Gierschköchin das geschlagene Ei portionsweise in eine Pfanne, lässt es leicht anbräunen, ohne es zu wenden. Auf eine Hälfte des Omeletts legt sie nun *1 dicke Scheibe Kochschinken*, darauf wiederum ⅓ des nun stark zusammengefallenen Zipperleinkrautes. Die andere Omeletthälfte wird umgeklappt, *je 1 TL geriebener Käse* darübergestreut. Gas aus, und ich lasse das Gebilde noch ein wenig stocken. Carola bringt aus dem Garten Veilchen, die sich der späte

Mai noch abgerungen hat. Doch statt die lila Blüten als Tischschmuck zu verwenden, streue ich sie auf die dampfenden Eierfladen.

Wir sind entzückt. Was man von Adam nicht sagen kann. Er versteht nicht, warum man Köstlichkeiten wie Schinken, Eier und Käse mit Pflanzenpamps verschandeln und mit parfümstinkenden Blumen dekorieren muss. Demonstrativ würgt er einen Haarballen hoch und reicht ihn uns als Alternative dar. Carola hält dem Kater ein Veilchen vors Maul und befiehlt: „Friss, die haben eine abkühlende Wirkung."

„Ihr habt nicht mehr alle Latten am Zaun", zischt Adam.

Er trollt sich Richtung Fressnapf und ist froh, ein paar Käserinden darin zu finden. Wir verzehren das Gierische Omelett samt Veilchen und spüren sofort, wie eine Welle des Wohlseins durch uns dringt.

„Ach", seufzt Carola, sich satt zurücklehnend, „es ist alles zu schön, um wahr zu sein."

„Dafür haben wir uns hier erfunden", bestätige ich.

„Hä?", tönt es aus Richtung Katzennapf, „es ist alles zu wahr, um schön zu sein! So wird ein Schuh draus."

Adam stolziert über die Wiese zurück zu uns und springt Carola auf den Schoß. Sie greift dem Tier hinter die Ohren, um den Katzenfloh zu zerdrücken, der es zu quälen scheint.

Mondtag

Nun ist die Woche rund. Der volle Sonntagnachtmond trägt ein ockerfleckiges Gesicht, als hätte er sich eine Überfallmaske aufgesetzt. Über die Wälder rollt er, die Landstraße entlang, durch Brennnesselbüsche. Richtung Paradeiso, der unseren Wünschen, unserer Art entspricht. Damit haben wir begonnen. Damit enden wir. Vor dem Gartentor bewacht Adam die Schnürstrecke des Fuchses, stellt sich Igeln in den Weg und – dem Mond. Adam kann den Mond nicht aufhalten, weil ihn sein Schein trügt: Ich leuchte dir heim, will er sagen, ich führe dich, ich liebe dich, mich reizt deine schöne Gestalt … und Adam wird ganz stiwiede vom Licht, das ihn umschauert.

„Mach dich vom Acker", zischt der Kater, „Ich komme allein zurecht."

Der Mond grinst.

„Heute ist *mein* Tag", spricht er mit steinerner Zunge, „Gott hat mich als ersten gemacht, und wer zuerst kommt, mahlt zuerst."

Adam, der stets auf die Beine, doch noch nie auf die Zunge gefallen ist, will den ungebetenen Gast sogleich korrigieren. Der schlaue Kater weiß, dass Gott *vor* den Himmelskörpern das Licht geschaffen hat, auch wenn das physikalisch nicht ganz einleuchtet. Heute versagt Adam die Stimme. Nicht mal ein Maunzen bringt er im Angesicht der sich mächtig gebärdenden Kugelgestalt hervor. Schon hat der Mond das Tor passiert und lässt sein geborgtes Licht über Wiesen und Beete fließen. Adam schnappt nach Mondflecken, doch kriegt er nichts zwischen die Zähne. Wir stehen am Galeriefenster, trinken als Absacker

„Gotano bitter", blicken in die Nacht hinaus. Wir hören nicht das Barmen unseres Herrn und Gebieters. Wir erkennen auch nicht den neuen Herrn, der sich breitmachen will auf unserer Spiel- und Lebenswiese. Wir spüren nur, dass etwas anderes auf uns zukommt. Aber was oder wer?

„Ist das nicht Felina?", fragt Carola, auf ein umherschleichendes Nachttier zeigend.

Tatsächlich! Der Mondschein hat die Nachbarin angelockt. Sie badet im Licht, lässt ihr Fell glänzen, die Augen blitzen wie Aquamarine. Schon ist Adam bei, besser gesagt: über ihr. Ein Biss in den Nacken, und die edle Freikatz von Solikante lässt sich zeigen, was ein richtiger Mann ist.

„Sollen wir sie retten?", fragt Carola.

„Zu spät", sage ich, „Das war's."

„Wieso denn?", will Carola wissen.

Die Antwort folgt auf dem Fuß. Ich laufe in den erleuchteten Garten, der von Begattungsschreien hallt, um mich bei Adam zu erkundigen, ob er sich sicher ist, die richtige Partnerwahl getroffen zu haben. Weder Adam noch seine überwältigte Braut verstehen mich. Sie treiben es einfach weiter, ignorieren meine Bedenken. Selbst den ernst zu nehmenden Einwand, man könne nicht verlangen, dass wir Paradeisobetreiber an ein Adelsgeschlecht Unterhalt für ein halbes Dutzend zu erwartender rasseunreiner Kätzlein zahlen. Auch als sich das Paar längst voneinander gelöst hat, lässt Adam ein kurzes Fauchen ertönen, mehr nicht. Ihm hat es die Sprache verschlagen. Für immer.

Das schiefe Ockerface des Mondes. Nachdenklich gehe ich zurück in die Küche. Ein Haufen Abwasch. Gallerte Gulaschreste im Topf. Ein vertrocknetes Kloßstück. Ein ranziger Schmetterling. Verwelkter Giersch. Der schale Rest vom roten Sekt. Bekleckerte Tischdecken. Voller

Aschekasten. Eine Maus, die unbehelligt über meine Füße flitzt. Wir ahnen: Ein niederes Wesen hat uns in die Suppe gespuckt.

Carola zählt die Seiten unseres Manuskripts und ist überzeugt: Es reicht! Durch die Küchentür sehen wir den rolligen Mond. Ein Junikäfer knallt gegen die Fensterscheibe. Fledermäuse hängen sich in unseren Schlafzimmern auf. Nachbars Althahn hat sich von seiner Hennenschar geschieden und gockelt über die Straße, dem Fuchs vor die Füße. Wir bleiben nicht, wir gehen nicht. Wir sagen nur: Und siehe, es war gut. Der Letzte, der Mond, macht das Licht aus.

Ende

Anlage I

Letzte katerphilosophische Absonderung

Katzen sind Hunde** mit Hochschulabschluss.*
*(Prof. Dr. Choraula Clarissimi****
*in Anlehnung an Grace Hodgson****)*

(*Cats first!, **siehe auch: Hundsfott, hundsgemein, kalter Hund usw.,***meine Erlangung der Doktorwürde wurde mit dieser unumstößlichen Wahrheit meiner Doktormutter verbal benotet und hinreichend verteidigt, ****unbekannte ausländische Dichterin)

Anlage II

Entwurf einer Rezension

Voll verschmort

Time spent with cats is never wasted.
Sigismund Freudlos

Nun ist die Katze aus dem Sack. Aus der unübersichtlichen Zettellage ist ein Buch geworden, wahrscheinlich dreifach tornieret, wie daherinnen schulmeisterlich dozieret wird. Dabei ist alles, was dieses Machwerk enthält, mehrere Nummern zu groß geraten. Mit Ausnahme der aparten „katerphilosophischen Absonderungen", die meine eigene Autorenschaft hervorgebracht hat. Hätte ich dem Verleger diese nicht mit Verweis auf das Antidiskriminierungs-, Bildungs- sowie Tierschutzgesetz höchst persönlich zu veröffentlichen angeraten, hätte die Nachwelt ganz schön in die Röhre geguckt. Schließlich wird das viel beschworene „narrative Element" in der Prosa durch mein fetzigeres „närrisches Konglomerent" abgelöst.

Ich will Contenance wahren und dem geneigten Zeitungsleser meine Vorwarnung zum Gesamtbuch rezensistisch bildhaft servieren. Das Auge isst schließlich mit. Es fängt mit dem Titel an: *Schmoren im Paradies.* Nichts als ein verwürgter Redensarten-Index! Warum nicht *Mäusespeck und Adamsapfel*? Da wüsste man gleich, worum und um wen es eigentlich gehen sollte. Dem billigen Titel folgt ein geklautes Motto, frei nach François Rabelais, das das schlecht abgehangene Rührstück aufwerten soll. Da den Verfasserinnen nichts Gescheiteres eingefallen ist, als

„über erhabene Gegenstände" (was um alles in der Welt soll das sein?) und „tiefe Wissenschaften" (Tauchkurse in Suppenschüsseln?) zu schreiben, sprießt deren Fantasie wie Unkraut, aus dem sie auch noch Salat mischen (siehe Kapitel über Giersch). Mir drängt sich die Vermutung auf, dass sie der Redewendung „avoir un appétit pantagruélique" allzu wörtlich verfallen sind. Allein mit einem kräftigen Rennesangswind aus dem Land der Haute Cuisine ist weder ein Prix Goncourt noch der Büchner-Preis zu gewinnen. Den ach so Gebildeten ist offenbar nicht bekannt, dass Rabelais' Roman zum Unflätigsten der Weltliteratur gehört, was dem gesitteten und verdauungskorrekten Leser begegnen kann. Haarsträubend: Gewöhnliche Kochbuchrezepte vermischt mit Intellektualitätengeschwätz, wo immerfort vom Paradeiso, von unserer Welt und „in den Wind gehangenen Gedanken" gelabert wird. Und von einem entspannten „Aber-Leben"! Schreibende Hausfrauen, die sich neben Rilke stellen, boah! Hineingebröselt: Poetessas Gedichte, meine Fresse! Wer soll denn diesen Quark verdauen? Das dilettantische Schmorpamphlet durchzieht darüber hinaus anachronistischer Gestank à la Freiheit and Democracy – ich mach mir ins Fell vor Lachen! Wenn einer Herr über die absolute Freiheit ist, dann ICH, Adam, DER Kater im Universum. Die Zeiten sind vorbei, wo meine Art als Dachhase oder Roof-Rabbit verunglimpft und zu Ragout verhackt wurde. Nachweislich aus purer Angst vor dem Unheimlichen, das von uns ausgehen soll.

Apropos Ragout! Hier wird nach Rezepten geschmort und gebrutzelt, gebacken und geschwelgt, die ranzig und altbacken daherkommen. Ganz zu schweigen von der Unart, sich mundartlicher, fremdländischer, theologisch sowie ideologisch verbrämter Bezeichnungen zu bedienen.

Das ist Nostalgie fadester Sorte! Einen geradezu tranigen Beigeschmack hinterlässt zudem die betonte Sinnenfreude an allem, was den Scripteusen in die Hände gerät und in ihrem erfundenen „Paradeiso“ kredenzt wird. Dabei ist der wahre Hintergrund nichts als eine muffige märkische Klitsche! Wie peinlich, von dem in Kalauer gefassten wohligen Gegrunze nach Genießsucht lesen zu müssen. Lümmeln nicht genug Koch-, Back- und Gourmetfolianten auf den Büchertischen der Welt herum? Hätte der Buchmacher meine Idee, das Cover mit meinem in Öl und Kaffeesahne gemalten Ganzkörperporträt zu verzieren, in die Tat umgesetzt, hätte diese unverdauliche Buchstabensuppe wenigstens ein Alleinstellungsmerkmal, nämlich: mich!

Um mein Geschmacksurteil abzurunden: Um diese Hexenküche sollten jeder gebildete Kater und seine Menschenknechte einen Bogen machen! Die Mängelliste des Buches ist lang. Bliebe die Frage, warum es im Text keine Produktplatzierungen gibt. Ich habe Kontakt zu einem Katzenfutterkonzern in Virginia ... Ich sehe nix! Gähnende Einfallslosigkeit! Nun ja, so ist es halt, wenn man nicht alles selber in die Pfoten nimmt.

Dr. Adam Fleisch-Rabelaiski, freier Kritiker

Schmoren im Paradies, erschienen Herbst anno 2020 im Quintus-Verlag (Rezension schicken an: *Märkische Oderzeitung*, *Prawda*, *Spiegel online*, *Geliebte Katze*, *Bäckerblume*, *TROLL* sowie *Yomiuri Shimbun*)

Biografisches

Kerstin Hensel, in einer Stadt am Rande des sächsischen Dunkelwaldes geboren; lernte früh mit Skalpell und Schreibfeder umzugehen; studierte am legendären Leipziger Literaturinstitut; leckte danach im Theater reichlich Blut; 1988 zog es sie ins preußische Exil, wo heute die Schauspieleleven nach ihrer Verslehre tanzen. K. H. lebt in Berlin-Wilhelmsruh, wo sie sich allerlei ausdenkt und emsig niederschreibt. Die vermeintlich ganze Wahrheit ist nachzulesen auf: www.Kerstin-Hensel.de.

Carola Wiemers, zwischen Hallensern, Halloren, Hallunken im Reich der Saline geboren; im Echoraum abendländischer Kunstmusik früh zum Chorgesang erzogen; blutjung das Weite gesucht und im kalten Preußen gestrandet; Studium der Geisteswissenschaften nach altem Schlag, aber „mit heißem Bemühn", mit Promotion abgeschlossen; derzeit zwischen verschiedenen IN-Zuständen pendelnd: LiteraturwissenschaftlerIN, PublizistIN, KritikerIN, BuchautorIN. Anleitungen unter: www.Alorac-Sremeiw.com.

Kater Adam, in neunundneunzigster Generation aus einer Felis-Catus-Familie stammend, der bei Friedrich II. der Pferdestall unterstellt war, streifte mit drei Monaten als Globetrotter durchs Brandenburgische; Tapferkeitsverdienstkreuz am langen Band in Preußischblau; geheimes Privatstudium der Schönen Wissenschaften und Künste bei PD Prof. Dr. Murr; wegen exzessiver Raubzüge nach Futter und Gedankengut Exmatrikulation; seitdem Hausherr bei siehe oben; Promotion, Arbeit als freier Kritiker, mehrere vergebliche Heiratsversuche in verschiedene Adelskreise. Details unter: abc.Kater-Adam.de.

Rezeptregister

Impressum

1. Auflage 2020

Binzstraße 19, 13189 Berlin
www.quintus-verlag.de

Umschlagentwurf: Ruth Tesmar
Satz und Gestaltung: Ralph Gabriel
Druck und Bindung: Art-Druk, Szczecin

ISBN 978-3-947215-87-4